MW01222788

Michela Murgia est née à Cabras en 1972. Avec *Accabadora*, traduit en quinze langues, elle a obtenu le prix Campiello 2010 en Italie et le prix Pages des libraires 2011.

Accabadora
Seuil, 2011
et « Points », n° P2858

Michela Murgia

LA GUERRE
DES SAINTS

ROMAN

*Traduit de l'italien
par Nathalie Bauer*

Éditions du Seuil

TEXTE INTÉGRAL

TITRE ORIGINAL
L'incontro

ÉDITEUR ORIGINAL
Einaudi
© original : Giulio Einaudi editore s.p.a., Turin, 2012
ISBN original : 978-88-06-21266-7

ISBN 978-2-7578-3853-2
(ISBN 978-2-02-109861-7, 1ʳᵉ publication)

© Éditions du Seuil, 2013, pour la traduction française

À Massimo Falcone,
pour le jeu fait ensemble

Con le tre dita
la via pare indicare
nemmeno lui
nemmeno lui sa dove andare[1].

Vinicio Capossela, *L'uomo vivo*.

1. De ses trois doigts / il semble montrer la voie / lui non p̶
plus ne sait pas où aller.

Prologue

Nous avons joué dans la même rue.

C'est ainsi qu'on devient vraiment frères et sœurs à Crabas, étant donné que naître de la même mère n'a jamais apparenté quiconque, pas même les chats. Que soit toujours béni le respect pour la chair de notre chair, mais la rue et le fait d'avoir joué ensemble offrent aux enfants un lien de parenté plus étroit, qu'ils n'oublieront pas à l'âge adulte. Il n'y a rien d'intuitif dans la génération : le sang suit des parcours troubles, et aucun gamin ne peut imaginer que partager le nom d'un père suffit pour revendiquer une semence commune.

Comment on naît, voilà une des questions qu'il est besoin de se faire expliquer plusieurs fois, et c'est sans doute pour ce motif que nombre d'adultes s'efforcent leur vie durant de se libérer de liens de parenté fortuits en s'en créant d'autres par de purs actes de volonté. Des témoins de mariage sont ainsi élevés au rang de frères et de sœurs. Les parrains et les marraines des enfants, promus membres de la famille d'occasion. Des compères et des commères naissent au début de chaque été, la nuit de la

Saint-Jean, quand l'île entière brille de feux à sauter main dans la main afin de conquérir une fraternité qui ne soit redevable à aucune mère. Des arbres généalogiques surgissent sans cesse du feu, du vin, de la faute et de l'eau bénite. Pourtant, ces rituels millénaires eux-mêmes ne parviennent pas à engager la mémoire du cœur aussi efficacement que les jeux que les enfants célèbrent dans la rue.

Aucune famille ne l'emportera jamais sur les après-midi d'été ensoleillés au cours desquels on a réussi à marquer son premier but parmi les cris des copains, ou libéré avec eux une libellule gigantesque entrée par mégarde dans un filet à papillons. Et la voix de son propre sang est vaine face à la certitude d'avoir fait saigner involontairement le genou d'un ami. Jamais un Noël parmi les siens ne rivalisera intimement avec le souffle du vent sur le visage lorsqu'on dévale une pente à vélo sans les mains ; avec le reflet d'une natte sombre se balançant dans le dos de la fillette la plus jolie ; ou encore avec la honte cuisante d'un magazine pour adultes trouvé au milieu des broussailles et feuilleté en bande dans un silence hagard. C'est dans ces virginités perdues que résident le pacte secret des vrais complices, le pouvoir normatif des premières certitudes communes, devant lesquelles il n'y a pas de famille qui puisse revendiquer de droits plus importants.

C'est ainsi qu'on entend dans les bars certains adultes, des hommes mille fois faits et défaits par la vie, se vanter encore des liens que la rue de leur enfance a créés entre eux – *nous avons partagé le jeu* – comme s'il s'agissait d'un pacte respecté.

Chapitre un

À l'âge de dix ans, Maurizio ne jouait dans la rue avec personne. Il vivait à la campagne un peu en dehors du village, loin des cris des autres enfants et des ruelles poussiéreuses où ces liens uniques naissent définitivement. Après l'école, il faisait ses devoirs, regardait la télé, s'entraînait tout seul aux billes contre le mur, mais surtout priait pour que les mûres noircissent dans les fossés voisins : quand elles l'étaient assez pour être mangées, il n'y aurait bientôt plus cours, et ses parents ne tarderaient pas à l'amener à Crabas, chez son grand-père et sa grand-mère.

Ce moment arrivé, ils fixaient son vélo au porte-bagages de leur voiture et glissaient dans deux sacs de foot tee-shirts et shorts, un ou deux maillots de bain, ainsi que des chaussettes et des slips à ne plus savoir qu'en faire. Sans oublier un manuel scolaire pour les devoirs de vacances. Mais Maurizio n'avait pas l'intention de perdre son temps à travailler quand il séjournait chez ses grands-parents. L'été lui servait à recouvrer une mystérieuse créance qui mûrissait pour lui comme les fruits de la ronce, prête à être cueillie au mois de juin de chaque année. Il rêvait aux frères que donnent les billes et aux sœurs qu'apportent les libellules, qui lui revenaient de droit. Fils unique d'une femme au foyer et d'un technicien tubiste spécialisé, il aspirait à ce que se greffent mille parentés sur ses genoux écorchés – sang de son sang – et, tout frémissant, se serrait contre ses bagages sur la banquette arrière, comptant les panneaux routiers jusqu'à ce que surgisse celui sur lequel s'étalait le nom du village : Crabas.

« Et ne fais pas tourner en bourriques tes grands-parents, hein ? »

Maurizio secouait la tête plusieurs fois, satisfaisant comme à la lettre cette brusque mise en scène de l'autorité paternelle.

Ses parents descendaient ses affaires et déjeunaient avec lui du gratin de pâtes de Iaia Cristina, qui contenait de l'anis étoilé et que sa mère se plaignait toujours de ne pas avoir vraiment appris à préparer. Après le déjeuner, ils repartaient en sourdine, étourdis par les pousse-café maison, l'un conduisant, l'autre agitant frénétiquement la main à travers la vitre, comme s'ils ne devaient jamais revenir chercher leur fils.

Durant ces adieux provisoires, Maurizio restait planté sur le seuil, à côté de ses grands-parents, et attendait pour se détendre que la voiture se fût évanouie dans le virage en épingle à cheveux du sens unique de la via Messina. Alors il laissait son souffle chaud s'échapper d'un sourire en fente.

Pour Maurizio, l'été avait la forme sinueuse d'un virage en épingle à cheveux et il l'adorait.

Chapitre deux

Crabas était un gros bourg de neuf mille âmes, chiffre respectable si l'on considère que la population des agglomérations voisines ne dépassait pas en moyenne trois mille habitants. Bien que vivant d'une économie simple, essentiellement basée sur la production de denrées alimentaires à consommer sur place, il pouvait se vanter d'un bien-être élémentaire et d'un blason historique, car il avait été le lieu de villégiature estival d'Éléonore d'Arborée[1] qui, racontait-on, y avait fait bâtir rien de moins qu'un château. De cette ancienne splendeur, il ne restait toutefois aucune trace dans les années quatre-vingt : paysans, pêcheurs et quelques bergers sporadiques formaient les deux tiers de la force de travail ; un papetier était considéré comme riche ; quant aux rares employés et membres des professions libérales, ils constituaient, forts de leur diplôme, la classe dirigeante.

Comparée à la campagne où Maurizio vivait, cette existence villageoise pour le moins rustique

1. Née en 1347, Éléonore d'Arborée régna à la tête du « judicat » du même nom (un des quatre royaumes sardes établis au VIIIe siècle) à la mort de son frère et de son père. Elle mourut en 1403.

15

évoquait un fourmillement d'activités captivantes et frénétiques. Il y avait toujours quelque chose à faire, à acheter, à voir ou à découvrir. Les rives de l'étang sur lequel Crabas fondait sa vie sociale délimitaient une île sauvage dans les basses eaux de laquelle le garçonnet s'imaginait naufragé et téméraire. Comme les enfants du village, il passait de juin jusqu'à septembre le plus clair de son temps à rôder près des poissonneries afin de récupérer ces emballages en polystyrène qui servaient à fabriquer des radeaux rudimentaires pour les batailles navales qu'on menait sur l'étang. Dans ces tribus de garçons, la glu ne manquait pas, car les roseaux qu'agitait le mistral offraient un piège merveilleux pour des oiseaux aquatiques de toutes les couleurs.

Le village entier respirait au rythme des cloches : ses poumons n'étaient autres que l'église paroissiale de Santa Maria, et ce, pour des questions d'organisation citadine plus qu'en vertu du souffle de la foi. En effet, les saints des métiers, protecteurs célestes de telle ou telle catégorie professionnelle, constituaient le premier régulateur de la vie civile, et leurs fêtes offraient une occasion de dresser le bilan de l'année productive.

Les pêcheurs avaient pour saint patron *Pedru*, Pierre, le pêcheur des hommes, qu'on célébrait par une procession et une messe en grande pompe avec prédicateur rémunéré venu de l'extérieur, surtout par des quintaux de *múggini* qu'on cuisinait sur la grand-place pendant les bals. L'odeur de ce poisson grillé flottait jusqu'aux villages voisins, et Maurizio l'associait instinctivement aux occasions extraordinaires de Crabas, dont c'était une spécialité renommée même à Cagliari.

À peine moins nombreux que les pêcheurs, les agriculteurs jouissaient de la protection autoritaire de *santu Sidoru*, Isidore, saint espagnol qui avait, semblait-il, exercé ce métier et dont la fête apportait une conclusion au battage du blé, fin juillet.

Les maçons – une poignée d'individus qu'on fêtait toutefois comme s'ils étaient les seuls à travailler au village – vénéraient *santa Lughía*, sainte Lucie, non parce qu'elle avait embrassé cette profession au cours de son existence, mais en qualité de protectrice des yeux, sans lesquels aucun mur n'aurait d'aplomb.

En dehors du panthéon des corporations, on trouvait des saints puissants, efficaces pour tous et à toutes les occasions, qu'on nommait familièrement « le Saint » et « la Sainte ». « La Sainte » était Notre-Dame de l'Assomption au ciel en son corps et en son âme, patronne du village, et « le Saint », *Sarbadori*, le Sauveur, Jésus-Christ en personne, honoré par une procession que les hommes effectuaient au pas de course, pieds nus et sur neuf kilomètres, du centre de Crabas jusqu'à une église champêtre située au milieu des terrasses du Sinis[1].

Les habitants des villages environnants éprouvaient une jalousie manifeste envers Crabas, qui avait assez d'argent pour fêter un saint tous les deux mois, ou presque ; quant aux Crabassins, ils aimaient à

1. Péninsule de Sardaigne située entre la baie d'Is Arenas et le golfe d'Oristano.

souligner leur suprématie en bombardant le ciel nocturne de feux d'artifice toujours plus spectaculaires.

Maurizio raffolait des fêtes paroissiales car elles offraient l'occasion de voir des choses interdites le reste de l'année – le robinet de glace à deux parfums et l'odeur de la barbe à papa le faisaient saliver plus que de raison –, surtout des dizaines d'étals garnis de fusils à eau, signe indispensable de réussite dans les batailles qui opposaient les garçonnets le long de l'étang. Il aimait à se cacher entre les roulottes et épier les forains pendant qu'ils installaient de captivantes attractions : machines, autotamponneuses, maison des horreurs et manège tagada.

Le samedi de la fête, croyant favoriser la solidarité masculine, le grand-père de Maurizio lui offrait dix jetons – nombre que l'enfant considérait comme le tarif minimum – pour monter sur les manèges et y inviter ses copains, et sa grand-mère, mue par une indulgence toute féminine, lui donnait en secret de quoi en acheter dix autres. Ainsi, le fait d'avoir des grands-parents qui jouaient au plus fin lui valait le double de jetons, ce qui augmentait ses chances d'être chaleureusement accueilli.

Du reste, cela n'avait rien de compliqué. Il suffisait de s'adapter à l'habitude du « nous », un mot que toutes les bouches ne cessaient de décliner comme s'il renfermait l'explication même du monde.

Le « nous » n'était pas d'un emploi aisé, pour Maurizio, car il n'y a pas de pluriel dans le monde d'un fils unique, entraîné par la solitude à être son unique mesure. Pourtant, il était bien obligé de s'y confronter : ses grands-parents, les voisins de ses grands-parents, leurs enfants et les enfants de leurs enfants parlaient d'eux-mêmes au pluriel avec la vrombissante fluidité d'un essaim d'abeilles autour d'une ruche.

« Comme nous avons grandi ! » s'exclamait par exemple madame Anna Maria, l'amie de sa grand-mère, qui le faisait rougir de honte en lui caressant la tête comme si elle avait affaire à un chien. Cependant, pour autant qu'il puisse se rappeler, la femme n'avait pas changé depuis l'année précédente ; il était le seul à avoir grandi entre-temps.

« Je t'en prie, Mauri, conduisons-nous bien et faisons attention », lui intimait Iaiu Giacomo quand il le voyait gagner les bords de l'étang avec ses camarades dans l'intention d'installer des pièges à oiseaux. Maurizio l'avait compris depuis longtemps : ce pluriel n'impliquait pas que son grand-père l'aiderait à enduire de glu les roseaux de la rive.

Mais c'étaient surtout les garçons de son âge que Maurizio entendait utiliser le « nous » dans cette acception dense, remplie de souffles communs.

« Nous ne voulons pas nous avouer vaincu, pas vrai ? » lui avait lancé un jour Giulio, le fils de l'agent de police, en le regardant empoigner sa fronde pour la énième fois et viser la canette vide qui était posée sur la chaussée de l'étang, juste derrière l'église de Santa Maria.

Maurizio avait détourné les yeux de sa cible afin de fixer le garçon plus âgé, comme si sa réponse exigeait elle aussi de savoir bien viser. Dix jours lui avaient été nécessaires pour se lier d'amitié avec lui, et il risquait maintenant de tout perdre en l'espace de quelques secondes. Le cœur battant sous l'effet de cette crainte, il avait murmuré non sans effronterie : « Nous ne sommes pas du genre à baisser les bras. »

Giulio lui avait souri, et le caillou propulsé par la fronde avait atterri tout droit sur la canette, la jetant au sol dans un bruit strident. Le garçon avait murmuré une imprécation en passant d'un geste incrédule la main dans ses cheveux sombres, puis l'avait applaudi à tout rompre.

À cet instant, Maurizio avait cessé de se demander ce que l'emploi de ce « nous » signifiait à Crabas. Ce n'était pas un pronom comme ailleurs, mais la citoyenneté d'une patrie tacite où le temps partagé se déclinait à la première personne du pluriel.

Chapitre trois

Quand le soleil se couchait, les vieillards sortaient de chez eux tels des escargots après la pluie, traînant des chaises basses à assise de paille. Ce peuple du soir paraissait suivre des sillages invisibles aux enfants de la rue. « Allons prendre le frais », disaient-ils comme si le frais était un poisson à pêcher à mains nues, le long de la rivière terrassée que constituait la chaussée.

Les grands-parents de Maurizio obéissaient comme tous leurs semblables à cet appel silencieux, tirant leur chaise dehors après le dîner. De mystérieux accords passés dans la journée dessinaient la carte de groupes qui n'étaient spontanés qu'en apparence ; chaque adulte plaçait son siège devant une maison donnée, l'installant sur le trottoir, voire au bord de la rue, où se formait un auditoire précis. Pièce d'ameublement née pour le foyer, les chaises basses faisaient de ces assemblées du soir une sorte de prolongement des habitations, expression d'un urbanisme de fait qui n'est possible que là où la maison et la rue ne sont pas des réalités différentes et opposées, mais les nuances verbales d'une même signification.

Le soir, les enfants accompagnaient les vieillards. En particulier les autochtones, des créatures osseuses et brunes, au regard rapace ; souvent nu-pieds, ils semblaient savoir depuis toujours comment profiter des moments d'autonomie qui échappent au contrôle des adultes. Était également présente la progéniture des touristes en vacances – de plus en plus nombreuse au fil des ans : gamins exotiques dotés d'un drôle d'accent et d'un appareil dentaire, jeunes étrangères aux cheveux couleur de blé et à la peau rouge – tantôt belles, tantôt juste bizarres –, qui portaient leur marginalité sur leur visage. Enfin, venaient ceux qui, tel Maurizio, n'étaient ni de dehors ni de dedans. Ils paraissaient différents, comme contusionnés, tels des rebuts de déséquilibres familiaux ou de tableaux de marche trop rapides pour leurs jambes. Leurs silences et leurs éclats de vitalité déplacés, étrangers à toute bonne grammaire sociale, dissimulaient mal des parents émigrés de l'autre côté de la mer, des familles séparées et des maternités imprévoyantes. Mais la rue constituait, pour eux aussi, une histoire ouverte. Ces jeunes vies y avaient l'opportunité d'appartenir à une communauté enfantine bancale et provisoire évoquant certains étangs l'hiver, mais capable d'employer le bref laps de temps d'une saison pour fonder ces relations de familiarité que certains adultes ne parviennent pas à créer en l'espace d'une vie. Entraînés à la simulation par la violence de la discipline scolaire, nombre d'entre eux affichaient un air digne et presque timide au début de l'été, mais dès juillet on devinait sous leur bronzage l'allure rusée de rescapés, à jamais pirates et reines dans un recoin mystérieux de leur âme. Le fait de *partager le jeu* en était la cause, même si la plupart d'entre eux ne s'en rendraient compte que bien plus tard.

Ces années-là, les soirées d'été chez ses grands-parents semblaient faire partie, pour Maurizio, d'un cycle éternel ; fort de cette certitude infondée, il se lançait à perdre haleine avec ses copains dans des parties de cache-cache et des courses effrénées avant de regagner le devant des portes où les vieillards, assis sur leurs petites chaises en paille, dévidaient des récits jusqu'au milieu de la nuit.

Les histoires de fantômes avaient beaucoup de succès dans la via Messina, notamment grâce à madame Rosina, la grand-mère de Giulio, spécialisée dans les aventures des âmes en peine. Les enfants abandonnaient leurs jeux pour mieux les écouter : Giulio et Maurizio s'asseyaient sur le seuil, tandis que Franco Spanu – surnommé *Conch'e bagna*[1] en raison de ses cheveux roux – appuyait, l'air de rien, la tête contre le montant de la fenêtre de la maison d'en face, à laquelle Antonellina Lasiu se penchait chaque soir dans le même but. Les petits grimpaient sur les genoux des vieillards, tandis que les rejetons des continentaux, différents d'année en année, se tenaient debout, hésitants, dissimulant la raison de leur présence. D'autres arrivaient des rues voisines et s'asseyaient où ils le pouvaient, avides de ces histoires.

---

1. Expression utilisée pour apostropher les roux en plaisantant. Elle signifie littéralement « tête de sauce tomate ». *(N.d.A.)*

Dans les récits de madame Rosina, il y avait toujours quelqu'un qui mourait sans avoir eu le temps de tenir une promesse ou de payer une dette, se muant ainsi en âme en peine. Les âmes en peine apparaissaient aux vivants et les priaient d'achever ce qu'elles avaient interrompu – le seul moyen, pour elles, de trouver le repos et de gagner enfin le paradis. Madame Rosina laissait entendre qu'elle relatait des faits réels, citant souvent des personnes en vie chargées par les esprits de remédier à une situation à leur place. Chaque soir, ou presque, elle dévidait une histoire différente, conquérant les regards respectueux des plus jeunes, amusés et sceptiques des plus âgés.

Un soir, devant la maison des grands-parents de Maurizio, elle avait évoqué un prêtre malhonnête qui, deux cents ans plus tôt, avait empoché l'argent de messes pour les défunts qu'il n'avait jamais célébrées. Des années durant, l'âme de ce prêtre avide était apparue à minuit dans l'église de Santa Maria, effectuant les gestes de l'Eucharistie comme si elle devait la célébrer. Une nuit où il était allé récupérer à la sacristie des affaires qu'il y avait oubliées l'après-midi, un membre de la confrérie du Rosaire – que madame Rosina affirmait très bien connaître – avait assisté, épouvanté, à la terrible scène et couru aussitôt la rapporter à don Marco, le curé qui officiait à la paroisse dans les années soixante-dix.

Le témoin, don Marco et des voisins, racontait madame Rosina, se rendirent à l'église et s'assirent sans un mot sur les bancs, tandis que l'âme du prêtre défunt, revêtue des parements liturgiques, mimait le rite qu'elle n'avait plus eu l'occasion de célébrer depuis deux siècles, sans parvenir toutefois à saisir l'hostie en raison de sa condition même d'esprit. Ayant trouvé le moyen de lui adresser la parole, don Marco écouta son histoire et lui proposa de célébrer la messe à sa place. Soixante soirs d'affilée – tel était le nombre des fautes du voleur en soutane –, qu'il pleuve ou qu'il vente, le curé gagna l'église et célébra les messes prescrites devant des témoins choisis par ses soins ; soixante soirs d'affilée, l'âme en peine se présenta à l'autel et assista à l'office, revêtue de tous les parements. Le dernier soir, quand le prêtre déclara « La messe est dite », elle s'évanouit pour ne jamais reparaître. Le lendemain, don Marco célébra une messe à l'intention de son esprit et invita ses paroissiens à respecter leurs promesses, à moins de vouloir connaître le destin de l'âme en peine, obligée d'errer pendant des siècles, rongée par le remords et privée de repos.

Au terme de cette histoire édifiante, madame Rosina avait poussé un soupir solennel puis laissé aller son dos voûté contre le dossier de sa petite chaise, apaisée par le silence qu'elle avait suscité.

« Mais alors, nous n'allons pas au paradis, à l'enfer ou au purgatoire quand nous mourons ! »

La voix tremblante de Franco Spanu, servant de messe avec Giulio, avait retenti telle une note qui déraille. Le garçon était troublé par ce récit qui bouleversait le catéchisme qu'on lui avait enseigné à propos du jugement immédiat de l'âme.

Fervent apôtre d'une foi populaire où le mauvais œil et le rosaire coexistaient sans contradiction, madame Rosina lui avait lancé un regard de condescendance.

« Les fourbes devraient remercier la miséricorde de Dieu qui leur accorde du temps. Moi, ce prêtre voleur, je l'aurais immédiatement expédié chez les démons ! » avait-elle déclaré, le doigt pointé vers lui.

Antonellina Lasiu avait éclaté de rire, imitée par tout l'auditoire, et Franco avait blêmi. Pendant toute la soirée, il avait gardé le silence, l'air atterré, comme s'il repassait toutes les promesses qu'il n'avait pas tenues.

Maurizio était beaucoup moins impressionnable : en raison de son isolement, il allait rarement au catéchisme et uniquement parce qu'il était inconcevable, à Crabas, de ne pas y aller du tout. Il raffolait de ces histoires macabres et un peu cruelles, bourrées de détails aussi terribles qu'invérifiables. Son grand-père était passé maître dans l'art d'en raconter certaines, parmi les plus anciennes et les plus sanglantes, non sans avoir la prudence de le faire quand les jeunes enfants étaient partis se coucher. Maurizio qui devait l'attendre, lui, pour rentrer, en bénéficiait abusivement.

Avec une mimique expressive et un ton de plus en plus menaçant au fur et à mesure qu'il se muait en chuchotement, son grand-père rapportait à son auditoire restreint les terribles aventures des *Panas*, femmes devenues vampiresses après être mortes en couches, qui, marquées par la perte de leur progéniture, s'employaient par jalousie à tuer les nouveau-nés des vivantes. Les histoires de Iaiu Giacomo, comme celles de madame Rosina, commençaient plus ou moins de la même façon : la *Pana* – une femme ordinaire en apparence – observait les petits vêtements d'enfant qu'une autre mère avait lavés dans l'eau de la rivière. Si, par hasard, cette mère faisait la bêtise de lui adresser la parole, la *Pana* la suivait en secret. Une fois entrée chez sa victime, elle suçait la vie du nouveau-né, qu'on retrouverait le lendemain raide mort, sans signes apparents sur le corps, raison pour laquelle le crime resterait impuni.

Maurizio était incapable de se figurer le contexte historique dans lequel pouvait se dérouler une lessive à la rivière – sa mère avait toujours lavé le linge à la machine en choisissant le programme mixte –, mais il avait fini par se représenter les *Panas* comme de cruelles sirènes d'âge mûr, dont la rage et l'envie avaient affûté la malice, et dont les lèvres scellées dissimulaient des dents pointues. C'était la raison pour laquelle, croyait-il, son grand-père répétait qu'une mère ne pouvait pas commettre de plus grosse erreur que de leur adresser la parole. L'enfant vouait une passion si tenace aux superstitions qui étaient destinées à éloigner ces créatures des habitations qu'il se promettait de les mettre en pratique l'une après l'autre, y compris celle qui consistait à se vouer à Notre-Dame de l'Assomption, sainte patronne de Crabas. Pourtant, ces expédients ne lui semblaient jamais suffisants lorsqu'il rentrait avec son grand-père et devait s'allonger sur son lit, fermer les yeux puis s'abandonner au sommeil.

Dans ces moments de terreur, la pensée de ne pas avoir de nouveau-né à protéger ne lui offrait pas de réconfort, mais quand le soleil se levait, il se sentait de nouveau fort et protégé. Alors il attendait fébrilement qu'une autre nuit d'histoires se présente afin d'écouter les nouvelles et terribles aventures des vampiresses à la rivière.

Chapitre quatre

À Crabas, être fils unique présentait des avantages : ne pas avoir de frère susceptible de moucharder quand on enfreignait les règles. De fait, se sachant à l'abri de ce risque, Maurizio se mouvait avec arrogance dans l'épaisse forêt des interdits qu'avaient établie ses grands-parents et qui était l'écho amplifié de ceux de ses parents.

Franco Spanu et Giulio, fils de familles plutôt sévères, ne jouissaient certes pas de la même liberté d'infraction. Forte de ses seize ans, la sœur de Giulio, Maria Lucia dite Luci, prenait très au sérieux son rôle de fille aînée de l'agent de police et s'informait des mouvements de son frère avec une régularité oppressante, trouvant toujours un voisin prêt à satisfaire sa manie de la surveillance. Giulio nourrissait pour elle une sainte terreur car, chaque fois qu'elle mouchardait, son père lui interdisait toute sortie pendant plusieurs jours d'affilée. Quant à Franco Spanu, si la famille à laquelle il appartenait n'avait pas de position sociale à défendre, il ne bénéficiait pas d'une liberté de mouvement beaucoup plus grande. Doté de deux frères, dont un plus âgé de quelques années, il faisait l'objet d'une incessante surveillance croisée. Jaime, son cadet de deux ans à la même tignasse rousse, qui détestait être exclu de ses virées, ne ratait pas une occasion de rapporter à leurs parents tout ce qu'on lui racontait à propos de ses mouvements interdits dans l'espoir que Franco finisse par juger préférable d'avoir un frère complice plutôt que délateur.

Exempt de ces étroites surveillances familiales, Maurizio jouissait donc aux yeux de ses amis d'une impunité privilégiée, laquelle ne suffit toutefois pas à le préserver plus qu'eux des conséquences de l'incendie qui éclata dans la cour de Santa Maria durant l'été 1985.

La cour embrassait l'église paroissiale sur trois côtés et se dressait sur un terre-plein qui lui donnait assez d'élévation pour autoriser Mgr Marras à la qualifier pompeusement de «jardin suspendu». Le vieux prêtre aurait voulu en faire un lieu de divertissement pour les adolescents de la paroisse, mais la présence de deux intouchables plantes ornementales – dont un palmier centenaire qui le comblait de fierté – ôtait aux élèves du catéchisme toute envie d'aller y jouer au football.

Pour Giulio et Franco Spanu qui, en qualité de servants de messe, avaient tout loisir d'y accéder, le jardin présentait bien d'autres attraits. Riche d'une épaisse végétation, il offrait en effet des dizaines de cachettes pour la chasse à la fronde, tandis que les oliviers sauvages, particulièrement feuillus, se prêtaient à l'hébergement de plates-formes de guet nécessaires à certains jeux de guérilla.

Mais c'était surtout le large canal d'écoulement des eaux de pluie qui agissait comme un aimant. Entourant le périmètre de l'église sur les trois côtés qui donnaient sur le jardin, il consistait en un petit fossé de béton presque entièrement enterré, si l'on excepte les grilles placées tous les six mètres. Celles-ci stimulaient l'imagination des enfants, persuadés qu'un ancien souterrain se dévidait dans les fondations de l'église paroissiale ; du reste, de nombreux villageois croyaient qu'on avait construit l'église sur les ruines médiévales du château de la juge Éléonore d'Arborée, et cela les confortait dans cette conviction.

Le dernier jour du mois de juin, en début d'après-midi, Giulio et Franco, assis au pied d'un olivier sauvage en compagnie de Maurizio, envisageaient de soulever une des grilles pour entreprendre l'exploration du souterrain. Leur but était de dénicher l'accès aux cachots de la juge dont Giulio, fort de l'autorité que lui conférait la fonction de chef des servants de messe, ne doutait plus de l'existence depuis au moins deux ans, ainsi qu'il l'affirmait.

« On la tirera à deux pendant que le troisième montera la garde. Elle n'est pas lourde, j'ai vérifié, déclara Maurizio non sans arrogance.

– Ça ne me semble pas très sûr, répliqua Franco Spanu. Si quelqu'un arrive et voit la grille soulevée, nous serons fichus. Il vaudrait mieux entrer puis la remettre à sa place.

– En nous enfermant à l'intérieur ! Et si on n'arrive plus à la soulever d'en bas ?

– Tu parles ! D'en bas, c'est plus facile. On la soulève un peu puis on la fait glisser jusqu'à ce que le trou soit libre. »

Maurizio et Franco scrutèrent Giulio, qui évaluait la situation en silence, assis à côté d'eux. Fixés sur le parcours qu'empruntait le souterrain, les yeux sombres du fils de l'agent semblaient le mesurer.

« Franco a raison. On ouvrira et refermera la grille. Le premier entrera avec une torche accrochée à son cou : il faut avancer à quatre pattes et être prêt à tout.

– OK. Qui ouvrira la marche ? »

En formulant cette question, Franco Spanu posa le regard sur Maurizio, tout comme Giulio, et ce, dans un silence qui constituait à lui seul une invitation. Le garçon considéra cette perspective un instant de plus que nécessaire, instant qui suffit à faire monter un sourire ironique au visage de Franco que le soleil d'été avait parsemé de taches de rousseur.

« Si nous avons peur, disons-le tout de suite.

– Peur ? Tu parles ! »

Maurizio haussa les épaules avec une fausse nonchalance et abandonna d'un mouvement maladroit l'herbe sur laquelle il était assis. « Allez, soulevez donc la grille, je passe le premier. »

Ils gagnèrent le regard le plus éloigné de l'entrée du jardin. Tandis que Giulio et Franco le déplaçaient avec attention, Maurizio ôta le lacet d'une de ses chaussures afin de fixer la torche à son cou en s'assurant qu'elle ne toucherait pas terre une fois qu'il se mettrait à quatre pattes.

Quand le souterrain fut ouvert, les trois garçons en contemplèrent l'entrée pendant quelques secondes.

Puis Maurizio s'assit sur le bord, balança les jambes et se laissa glisser dans un bruit sourd : la galerie mesurait moins d'un mètre de haut et le niveau du sol lui arrivait à la poitrine. Pour voir le visage de ses copains, il dut lever les yeux.

« Nous y allons, hein ? murmura-t-il.

– Oui, nous y allons », dit Giulio qui se coula à son tour à l'intérieur.

Lorsque Maurizio s'agenouilla, le ciel disparut de son champ de vision, ce qui ne fut pas sans le désorienter. Seule la présence de son ami, dans son dos, l'empêcha de rebrousser chemin. Le cœur battant aussi fort que la fanfare du village, il alluma la torche, dont le faisceau n'était toutefois pas assez fort pour éclairer entièrement les six mètres d'obscurité qui le séparaient du cône de lumière de la grille suivante.

« Avancez, sinon je n'entrerai pas ! » La voix de Franco Spanu l'incita à poursuivre à genoux afin de laisser de la place à ses compères, mais sa peur ne diminua pas pour autant. Sous les dalles de ciment, l'été ne subsistait que par une chaleur étouffante qui emperlait la tête de Maurizio de minuscules gouttes de sueur.

Au son de la grille qui raclait contre son cadre, il comprit que ses compères étaient tous deux entrés ; enfin, le bruit de l'encastrement acheva de dissimuler leur présence sous la surface du jardin.

Les trois enfants parcoururent quelques mètres en soufflant comme des phoques sous l'effet de la chaleur et de la peur, mais sans rien remarquer d'intéressant : il semblait n'y avoir aucune autre ouverture dans le tunnel que celles qui donnaient à l'extérieur. Si l'on exceptait une quantité considérable de poussière, le fond surprenait par son apparente propreté ; il y avait juste quelques enchevêtrements de feuilles mortes qui craquaient sous la pression des corps rampants. Maurizio s'abstenait d'y poser les mains de peur qu'ils ne dissimulent des aglomérats de blattes, insectes dont il concevait une sainte horreur soigneusement cachée à ses deux camarades, qui auraient pu l'utiliser pour lui jouer des mauvais tours.

Au bout d'une dizaine de mètres rythmés par trois respirations laborieuses, Giulio s'exclama, déçu, brisant la consigne du silence :

« Il n'y a foutrement rien ici !

– Tu exagères, on n'a fait que quelques mètres ! S'il doit y avoir quelque chose, c'est sûrement vers le bout. »

L'affirmation de Franco parvint, étouffée, aux oreilles de Maurizio, comme si trente mètres, et non trois, les séparaient.

« Dans ce cas, il aurait peut-être fallu entrer par une des grilles du bout ! Ça nous aurait épargné des efforts ! » commenta Maurizio d'une voix aigre.

Il tâtait le sol que le balancement de la torche, à son cou, éclairait faiblement, agacé par la tranquillité avec laquelle son camarade étalait son courage depuis sa position protégée.

« Laisse-moi donc passer devant ! Mon cul te fera du vent ! »

Le maigre rire qui suivit la provocation de Franco mourut rapidement entre les parois étroites du souterrain, mais pas assez pour que Maurizio, tendu et las de jouer le bélier contre le mur, le trouve inoffensif.

« Antonellina sait que le mistral souffle dans ton cul ? » répliqua-t-il, vindicatif, s'efforçant de toucher le point faible de son camarade.

Soudain, la lumière de sa torche sembla intercepter un objet à quelques mètres de là, mais trop brièvement pour qu'il puisse l'identifier.

« Pourquoi devrait-elle me regarder le cul, espèce d'imbécile ? Tout le monde n'est pas comme toi ! »

L'ironie de Franco ne réussit pas à dissiper chez Maurizio l'idée qu'il avait visé dans le mille. Bien décidé à enfoncer le couteau dans la plaie, il insinua : « À mon avis, tu as essayé de l'embrasser, mais sans succès... »

Giulio émit un ricanement qu'il ne tenta même pas de dissimuler, exaspérant ainsi la colère de Franco.

« Et toi, à mon avis, tu devrais t'occuper de tes oignons.

– Serions-nous jaloux ? »

La phrase résonnait encore entre les parois de ciment, quand la torche de Maurizio se posa sur un enchevêtrement, à deux mètres de là.

Il plissa les paupières et distingua un mouvement furtif. « Hé, il y a quelque chose ici... » murmura-t-il, le visage légèrement tourné vers les autres.

Dans l'amas aux allures de paquet que la torche illuminait par intermittence se produisit alors un bref mouvement.

« Il y a quelque chose là-dedans ! » s'exclama Maurizio, qui recula sous l'effet de la crainte et se heurta à Giulio, circonspect.

Hésitant entre la curiosité et l'envie de s'enfuir par l'issue la plus proche, les trois garçons s'immobilisèrent. C'est dans ce silence que s'éleva le son aigu caractéristique des égouts débouchant dans l'étang.

« Ce sont des *rats-dégoût*, des *rats-dégoût*, bon sang ! » invectiva Franco Spanu dans un cri étouffé tout en essayant de faire demi-tour.

Ce qui s'était jusqu'à présent contenté de criailler se dévida en un mouvement rapide et confus, révélant dans l'ombre du souterrain, à moins de trois mètres, les formes d'une vingtaine de rongeurs de diverses dimensions, tournés vers eux. Paralysé par la terreur, le souffle coupé, Maurizio contempla ces corps poilus et massifs à l'immobilité pour le moins menaçante.

« Fichons le camp ! Fichons le camp ! » lui ordonna Giulio qui le tirait par son tee-shirt.

Ils tournèrent le dos au nid de rats et rebroussèrent chemin avec toute la vitesse que leur permettait l'étroitesse du souterrain. Franco frottait les genoux contre le sol, trop impatient d'atteindre la grille la plus proche pour se soucier de se les écorcher. Giulio et Maurizio lui collaient au train, dans un silence irréel qui amplifiait leurs halètements.

Le bruit avait toutefois cessé derrière eux, signe que les rats s'étaient arrêtés. De fait, ils attendirent que Franco Spanu soulève brusquement la grille pour continuer, comme s'ils obéissaient à un signal convenu. Giulio et Maurizio se rendirent compte, au son que renvoyaient les parois de béton, qu'ils couraient frénétiquement dans la même direction qu'eux. Le premier laissa échapper un hurlement aigu auquel s'unit aussitôt la voix étranglée du second, atterré par le bruit qui grandissait dans son dos, pareil au vrombissement d'un essaim affolé.

Tandis que Giulio gagnait la sortie et s'agrippait hystériquement aux rebords pour se propulser à l'extérieur, comme Franco un peu plus tôt, les rats s'accrochèrent aux jambes et au dos de Maurizio en poussant des couinements féroces. Au même moment, la torche se détacha de son cou, plongeant dans la pénombre le dernier tronçon du souterrain.

Aveuglé par la terreur, le garçon s'aplatit au fond du souterrain, les mains pressées sur le visage, en proie à la certitude absolue de sa prochaine fin ; mais les rats l'escaladèrent dans un tourbillonnement de pattes.

S'il avait eu le courage d'ouvrir les paupières, Maurizio les aurait vus se pendre au corps de Giulio, presque parvenu à la surface, en se pressant sur ses vêtements, ses bras nus et ses cheveux foncés. Emporté par leur course, le fils de l'agent de police bondit hors du tunnel et se roula au sol comme un Viêt-cong dans les fourrés, prêt à affronter le corps à corps avec les bêtes. Mais les rats s'élancèrent avec habileté et détermination vers le palmier centenaire de Mgr Marras.

Devant les yeux ébahis des deux garçons, la bande de rongeurs gravit le tronc régulier sans montrer la moindre résistance à la gravité. Elle s'immobilisa au sommet, à plus de six mètres de hauteur, dans une série de couinements qui prirent fin au bout de quelques instants.

Leur course vers ce nid aérien n'avait pas duré plus d'une vingtaine de secondes, cependant elle avait suscité chez les garçons une sensation semblable à un coup de poing dans le ventre.

En nage malgré la crainte, Franco se tenait debout à quelques mètres de la grille, les genoux ensanglantés, ses boucles rousses couvertes de poussière et d'herbes sèches; couché sur le ventre, les vêtements souillés de terre, Giulio attendait, tout tremblant, que se dissipe la tension née du contact physique avec le pelage gras des rats. Maurizio, qui n'en revenait pas d'avoir survécu à leur fureur aveugle, ne trouva qu'au bout de quelques minutes le courage de se hisser à la surface en s'appuyant sur ses poignets fins dans les veines desquels son cœur palpitait encore.

Les trois camarades échangèrent des regards qui traduisaient le sentiment imprononçable d'être des rescapés. Puis, le visage durci sous l'effet de la détermination, Franco Spanu décréta: «Il faut tuer ces saloperies de *rats-dégoût*.»

Chapitre cinq

Dès lors, les légendes concernant les cachots de la juge passèrent au second plan : la mort du clan des rats devint en effet la priorité absolue de l'été 1985.

Les longues parties de chasse aux oiseaux ainsi qu'une pratique de la fronde pluriannuelle – dont les trois garçons pouvaient se vanter auprès de tout le voisinage – confluèrent au cours des jours suivants dans une stratégie guerrière à laquelle même un sanglier aurait à grand-peine échappé. Les trois camarades effectuèrent de nombreuses reconnaissances dans la cour de Mgr Marras, étudiant angles et trajectoires, et tinrent des conciliabules à bonne distance du palmier, dans la crainte – pas totalement irrationnelle – d'être épiés par les rats. Le souvenir de leurs yeux scintillants dans le noir ouvrait des abîmes d'hypothèses sur les potentialités malignes de ces intelligences primaires.

Maurizio n'avait pas encore surmonté le choc produit par leur contact. C'était une des raisons pour lesquelles il estimait que la tactique la plus opportune consistait à les épuiser.

« Tant qu'ils sont sur l'arbre, ils ne peuvent pas manger. Posons un tas de *pinces-à-rats* garnis de fromage au pied du palmier. Quand ils descendront, on les baisera !

– T'as pas vu comment ils sautent ? Et puis il nous faudrait au moins vingt *pinces-à-rats*. Chez moi, il n'y en a pas plus de trois… »

Giulio était partisan de la lutte ouverte, mais, avant de l'affirmer, il cherchait du regard le soutien tacite de Franco Spanu.

Celui-ci réfléchit pendant quelques minutes et déclara : « Je préfère les éliminer l'un après l'autre à la fronde. Montons là-haut, ajouta-t-il en indiquant la coupole de l'église, ouvrons la verrière et massacrons-les à coups de cailloux ! »

Cette limpidité stratégique laissa ses camarades sans voix. Au bout d'un moment, Maurizio hasarda toutefois :

« Et s'ils essaient de s'enfuir ? Ils sont trop rapides…

– L'un de nous se postera en haut et visera, les autres les affronteront en bas. »

La détermination belliqueuse de Franco ne vacillait pas. Maurizio blêmit et secoua vigoureusement la tête.

« Tu rigoles ? Ne compte pas sur moi ! Le souterrain m'a suffi…

– Ce n'est pas une très bonne idée, Franco, renchérit Giulio. Quand ils sont piégés, les *rats-dégoût* deviennent agressifs et imprévisibles… il nous faut une solution plus radicale. »

Un silence de quelques secondes s'ensuivit, après quoi Franco Spanu reprit la parole pour émettre une proposition si captivante qu'aucun garçon de onze ans n'aurait pu la refuser.

« Et si on les faisait griller ?

– Quoi ? interrogea Giulio, intrigué.

– Des cailloux enveloppés dans du papier imbibé d'alcool. Tu protèges le caoutchouc de ta fronde avec une couche d'alu, tu allumes le papier et tu lances. Les *rats-dégoût* seront cramés avant même d'abandonner le palmier.

– T'es complètement dingue ! commenta Maurizio avec un rire nerveux.

– Non, c'est une idée qui tient la route… avec l'alcool, leur poil prendra feu immédiatement. Et ils se brûleront les uns les autres, répliqua Giulio. Mais si tu rates la cible, ça sera le bordel.

– Tu m'as déjà vu rater une cible ? »

C'est sur cette vérité indéniable que se définit la stratégie de guerre contre les *rats-dégoût*.

L'assaut final fut fixé au dimanche de Pentecôte. Franco et Giulio, qui s'étaient donné rendez-vous bien avant la messe, quittèrent leur domicile à sept heures en prétendant qu'il leur fallait nettoyer encensoir et burettes : servir à l'autel d'une célébration aussi importante requérait des soins particuliers. Maurizio annonça, pour sa part, qu'il comptait devenir, comme ses amis, servant de messe, et sa grand-mère en fut si émue qu'elle ne mit pas en doute cette flambée de dévotion.

Quatre heures séparaient donc les enfants de la cérémonie, mais Franco estimait que ce laps de temps était amplement suffisant pour rôtir tous les *rats-dégoût* du palmier. Habituées à leur présence, les vieilles paroissiennes qui sortaient de la première messe ne trouvèrent rien d'étrange à les voir gravir l'escalier en bois qui menait à la balustrade de la coupole.

Ouvrir la bonne verrière constitua une opération plus complexe, mais les trois camarades parvinrent en un peu plus de vingt minutes à se poster sur la trajectoire exacte du palmier, au sommet duquel le spectacle du grouillement des rats engendra chez eux une haine guerrière qui accrut leur impatience. Chacun d'eux avait protégé le caoutchouc de sa fronde par une couche de papier d'aluminium. Et Maurizio avait soustrait un flacon d'alcool de l'armoire à pharmacie de ses grands-parents.

Giulio et Franco vaporisèrent avec une attention chirurgicale de l'alcool sur les feuilles de papier dont ils enveloppèrent leurs cailloux. Ils placèrent ces projectiles dans le creux de leurs frondes et visèrent. Maurizio craqua alors une allumette et l'approcha du papier, qui s'enflamma sur-le-champ.

Le premier tir fut précis. La distance était si courte qu'il ne fut même pas nécessaire d'étudier la courbe de la parabole : les deux cailloux enflammés se dirigèrent tout droit sur les rats et atterrirent en plein dans leur nid.

« Bingo ! » exulta Franco tout bas.

Giulio et Maurizio souriaient, tout excités, à la vue de la panique qui se répandait en haut de l'arbre.

Le feu avait immédiatement pris sur le poil des rats, qui s'agitaient parmi les feuilles en poussant des cris de terreur.

« C'est bien, frotte-toi contre tes copains… » murmura Giulio d'un ton sadique avant de brandir sa fronde une deuxième fois.

Tandis que Franco l'imitait, Maurizio craqua une allumette dont il effleura à peine les projectiles.

Le tir fut radical car les deux garçons avaient une nouvelle fois visé dans le mille.

Franco posa son arme sur le sol et s'exclama, penché à la verrière :

« C'est ça ! Cramez, maudits *rats-dégoût* !

– Regarde çui-là, il a pété les plombs…

– Dommage de ne pas avoir d'appareil photo, bon sang ! Un spectacle pareil… »

Les animaux émettaient de puissants couinements pendant que leur pelage en feu commençait à diffuser dans l'air une incomparable odeur de brûlé. Malgré l'attrait magnétique de la scène, les garçons savaient fort bien qu'ils ne pouvaient s'attarder là. Avec un mouvement de déception, Giulio rappela ses camarades à la prudence : « Les premiers paroissiens arrivent : il faut descendre. Quand nous en aurons fini avec la messe, nous irons voir ce qui reste de ces *rats-dégoût*… »

Le corps bourré d'adrénaline et leur fronde dans la poche, ils descendirent à la sacristie et se préparèrent à la célébration.

Prisonnier du confessionnal où il écoutait la litanie des péchés d'une paroissienne âgée, Mgr Marras regarda Franco et Giulio enfiler leur aube avec une avance et une bonne volonté qui le comblèrent. Au son du chant d'entrée, les deux garçons gagnèrent l'autel, bien alignés, en dissimulant leur gaieté irrépressible derrière les visages angéliques et la placidité des êtres qui n'ont que des pensées édifiantes en tête.

Ils agitèrent l'encensoir avec précision et fermeté, firent preuve pendant toute l'Eucharistie d'une discipline qui évoquait une chorégraphie. Ils ne cédèrent à l'hilarité qu'à une seule occasion : Giulio avait montré furtivement à Franco la broderie ornant l'aube du curé, qui représentait dans des tons criards les flammes du Saint-Esprit symbolisant la Pentecôte. Un regard sévère de Mgr Marras suffit à rendre leur sérieux aux deux camarades qui continuèrent toutefois jusqu'à la fin de la célébration à échanger des coups d'œil amusés avec Maurizio, assis au premier rang. Tous trois attendaient impatiemment le dernier amen.

Le chant de sortie marqua leur départ vers la sacristie où la rapidité avec laquelle ils se libérèrent de leur aube attira l'attention du vieux prêtre.

« Vous êtes bien agités ! On dirait que vous êtes possédés du démon ce matin… Giulio, aide-moi à ôter ma chasuble…

– Bien sûr, 'seigneur, pardon… »

Pendant que le vieillard enlevait les ornements sacerdotaux, un petit groupe de fidèles fit irruption dans la sacristie, rompant avec l'habitude qui consistait à laisser au célébrant quelques instants de tranquillité avant de l'assaillir avec les requêtes des comités des saints et les messes des défunts.

« Monseigneur, venez ! Il y a un incendie dans la cour !

– Un incendie ? »

La tête blanche du prêtre jaillit de la chasuble.

« Le palmier brûle ! confirma une vieille dame.

– Mon palmier ! » murmura Mgr Marras avant de se précipiter vers la petite porte latérale qui donnait dans le jardin.

Franco fut paralysé par cette nouvelle. La gorge serrée, Giulio ne se décidait pas à poser les ornements brodés qu'il tenait à la main. Maurizio, qui pénétrait dans la sacristie au moment où le groupe emboîtait le pas au prêtre, se trouva nez à nez avec deux statues à la conscience souillée d'alcool. Mgr Marras ouvrit la petite porte et se rua à l'extérieur en criant, alarmé : « Des seaux, apportez des seaux ! Appelez les pompiers ! La police ! »

Maurizio dévisagea Franco, l'air désespéré, puis, obéissant à son instinct, suivit les adultes qui les avaient distancés. Ses amis l'imitèrent, et leurs pas acquirent en l'espace de quelques mètres le rythme d'une course effrénée.

Quand ils atteignirent la cour, le sommet du palmier centenaire de Mgr Marras était en proie à de hautes flammes que le vent marin attisait gaiement.

« Bordel de merde… » commenta tout bas Franco.

L'incendie attira le voisinage dans la cour de l'église. Hommes et femmes, adultes et enfants affluèrent dans le sillage de la fumée que produisaient les feuilles encore vertes : les flammes qui s'élevaient du sommet plus sec étaient visibles à des centaines de mètres à la ronde. Au pied de l'arbre se rassemblèrent bien vite des dizaines de personnes qui assistèrent, intriguées, à ce spectacle gratuit.

Les cris aigus des rats affolés donnaient la chair de poule à tous les spectateurs, adultes compris. Quand les bêtes piégées se jetèrent dans le vide, croyant échapper à la mort, et plurent au sol, la panique dissimulée dégénéra en délire collectif.

En raison de la hauteur, la plupart des rongeurs se fracassèrent contre le sol ; les rescapés furent, quant à eux, achevés à coups de pierre hystériques par des garçonnets et un certain nombre de pères en une série de lapidations qui laissèrent sur la pelouse les corps des bêtes, ainsi que l'innocence de plus d'un enfant.

Le jardin n'était pas accessible aux véhicules des pompiers ; du reste, l'emplacement de l'incendie ne laissait pas craindre qu'il puisse s'étendre.

Telle une étoile empêtrée, l'extrémité du palmier brûla pendant des heures en consumant lentement le tronc dur, jusqu'à ce que les flammes descendent assez bas pour être éteintes à coups de seau, ce qui éloigna les derniers curieux.

La rage qu'avait suscitée chez Mgr Marras la perte de son palmier adoré empoisonna des mois durant les relations qu'il entretenait avec les enfants, notamment avec Franco Spanu dont il avait appris en confession la dynamique exacte des faits. Giulio, qui demeurait le chef des servants de messe, fut le premier à souffrir du manque de confiance que lui manifestait désormais le vieux curé et eut grand-peine à pardonner son initiative à son ami.

Maurizio, en revanche, qui n'avait pas de réputation ecclésiale à défendre, se réjouit des conséquences que leur entreprise entraînait en matière de popularité. Le récit de la mort des *rats-dégoût* et de l'expédition dans le souterrain passa de bouche en bouche dans les rassemblements du soir devant les maisons, s'enrichissant d'anecdotes juteuses que les trois enfants finirent peu à peu par répéter, tel un patrimoine commun, savourant tout l'été le plaisir d'être les héros secrets de cette aventure unique.

Chapitre six

Au cours de l'été 1986, il se produisit un événement d'une telle ampleur que, pendant de nombreuses nuits, les vieillards perdirent toute envie d'inventer des histoires fantastiques pour tromper le sommeil des enfants. Il ôta également une grande partie de son charme au récit du massacre des *rats-dégoût*, entre-temps élevé au rang de mythe.

Le village entier débordait, en effet, d'une nouvelle histoire – aussi vraie que les rochers et le vent dont il avait été modelé – qui bouleversait sa vie placide avec la puissance d'une sonnerie de trompette le jour du Jugement. Les habitants les plus âgés, qui en avaient entendu et raconté de toutes sortes, devinaient eux aussi qu'elle dissimulait un danger beaucoup plus concret que la crainte des fantômes et des vampiresses. Ce qui arriva en 1986 allait mettre définitivement en péril l'équilibre de la communauté.

Le bruit courait que Mgr Sparedda, proche de la retraite, avait décidé, avant de mettre un terme à son gouvernement spirituel, d'autoriser la fondation d'une seconde paroisse dédiée, murmurait-on déjà, au Sacré-Cœur de Jésus-Christ. Une nouvelle église, de nouveaux locaux paroissiaux, une nouvelle division territoriale, de nouvelles appartenances de rituels et de mythes se profilaient à l'horizon des Crabassins, telle une révolution qui chassait cet été-là du cœur des plus âgés – au grand dam de tous les enfants et de quelques adultes – la nécessité de recourir à l'horreur pédagogique des *Panas* et des âmes en peine.

La rumeur de la fondation de la paroisse du Sacro Cuore circulait d'un rassemblement à l'autre, alimentant les souvenirs et les racontars. Les vieillards rappelaient que don Gigi, le prêtre chargé d'inaugurer la seconde église, avait séjourné à Crabas au début de son sacerdoce et qu'il n'en était pas parti de la meilleure façon qui soit. Pour nombre d'entre eux, ce retour après plusieurs décennies avait la saveur suspecte d'une revanche sur le tard arrachée à un évêque âgé et fatigué de dire non.

Dans la rue de Maurizio aussi on ne parlait que de ça.

Immobilisée dans un fauteuil roulant, madame Elena, la voisine de ses grands-parents, discutait le soir devant sa porte des équilibres que risquaient de créer une division imminente. Parmi les chaises, les questions se répétaient de bouche en bouche en un écho, évoquant à chaque échange de regards d'ultérieures et catastrophiques conséquences. Les villageois renonceraient-ils à se marier dans l'église où ils avaient été baptisés pour la seule raison que leur habitation se trouverait dans la juridiction de la seconde paroisse ? Se plierait-on aux efforts que requérait l'attachement à de nouveaux rites ? Où les pêcheurs de la nouvelle église fêteraient-ils *santu Pedru* ? Crabas aurait-il deux catégories de pêcheurs, deux catégories d'agriculteurs, et ainsi de suite ? La sainte patronne dans la dévotion de laquelle on avait été élevé ne veillerait-elle plus que sur la moitié du village ? Et ce Sacré-Cœur, quel genre de saint protecteur serait-il ?

Le soir où l'on apprit l'institution définitive d'une seconde paroisse, le conciliabule qui se tint devant le domicile des grands-parents de Maurizio avait les accents sévères et nets d'un conseil de guerre.

« Comme nous avions la mère, ils ont choisi le fils pour ne pas être en reste. » Madame Elena sectionnait les faits avec cruauté en remâchant sa colère.

« Pour sûr, sainte Rita ou saint Étienne ne pouvaient rivaliser avec notre Sainte ! » Ce commentaire lucide s'éleva de la rangée de chaises, interprétant tout haut le soupçon commun d'un défi de nature spirituelle.

« Et comment organisera-t-on le catéchisme, puisqu'il n'y a qu'une seule école ? Les élèves seront-ils réunis le matin et séparés le soir ? » Madame Daniela, qui était catéchiste, pensait surtout aux conséquences pratiques de la décision.

D'autres voyaient des raisons différentes à cette répartition inexplicable : « Nous formons une communauté riche, dont les habitants n'émigrent pas comme ailleurs… S'il y a un endroit pour nourrir deux prêtres, c'est bien ce village ! Vous verrez, les membres de la nouvelle paroisse inventeront des fêtes et des traditions pour rivaliser avec nous. »

Peu concerné par les querelles de gestion liées au sujet paroissial naissant, Maurizio écoutait sans grand intérêt ces murmures. Il ne s'était même pas laissé troubler par la nuance insolite du mot « nous » que les futurs conflits avaient subitement ramené à sa condition originelle de pronom.

L'affaire se présenta à lui dans toute sa gravité lorsque Franco Spanu lui murmura à l'oreille : « Si ça se trouve, ils auront besoin de servants de messe… »

Pour la première fois, il se rendit compte qu'il pouvait exister des pluriels différant du seul auquel il avait eu le sentiment d'appartenir jusqu'à cet instant-là. Tout dépendait du fait qu'il fallait désormais compter sur ce « eux », les gens du Sacro Cuore. D'après ses souvenirs, il n'y avait jamais eu de « eux » à Crabas ; Arriora et Nuraxi, les villages voisins, ça oui, c'étaient un « eux ». Les individus qui étaient nés sur les rives de l'étang et avaient *partagé le jeu* dans les rues de Crabas avaient le droit de se sentir partie prenante de l'unique mouvement collectif que la déclinaison du pronom au pluriel exprimait. Il tenta de s'éclaircir les idées en posant une question qui brisa le ressassement haineux du cercle nocturne : « Iaiu, mais c'est qui, eux ? »

Les membres du cercle le fixèrent comme s'il avait prononcé un gros mot. N'étant pas homme impulsif, le vieillard se garda de livrer une réponse hâtive. Madame Elena, en revanche, s'exclama :

« Les paroissiens du Sacro Cuore !

– Mais… nous ne savons pas encore où passera la frontière…

– Cela ne les empêchera pas d'exister, et alors tu verras ! » répliqua Franco Spanu, l'air satisfait.

Maurizio lui lança un regard désorienté. Située juste derrière l'église de la Sainte, la via Messina ne pouvait être concernée par la nouvelle paroisse, mais non loin de là se trouvaient les rues centrales qui faisaient l'objet de négociations territoriales avec le nouveau curé ; c'était dans l'une d'elles, justement, que Franco vivait.

Maurizio était atterré par l'idée que ses camarades dissimulaient peut-être l'un d'« eux ». Il scruta son ami en traquant sur son visage les frontières invisibles d'une éventuelle extranéité.

« On ne sait donc pas qui ils sont ? » hasarda-t-il.

Franco Spanu ne pipa pas. Mais Iaiu Giacomo avait achevé d'élaborer sa réponse. Dans le silence qui s'était abattu sur les petites chaises, il déclara d'un ton solennel et définitif : « Ils sont ce que nous ne sommes pas. »

Chapitre sept

L'envoyé épiscopal avait apporté à Mgr Marras la carte d'une possible répartition territoriale du village et la liste des biens du diocèse à distribuer après concertation entre l'actuelle et la nouvelle paroisse. Mais les négociations achoppaient.

« Hors de question ! déclara Mgr Marras en ajustant son col romain sur son double menton. Santa Maria est la paroisse mère, et la mairie se trouve juste derrière son centre historique. Allez dire à Son Excellence qu'on ne touche pas à ce quartier. »

La question des frontières se révélait beaucoup plus compliquée que l'évêque ne l'avait imaginé dans sa naïveté sénile. Don Gigi, le prêtre de la nouvelle communauté paroissiale du Sacro Cuore, exigeait en effet que Crabas fût divisée selon un principe d'équilibre tenant compte non seulement de la géographie, mais aussi du pouvoir. Selon lui, les lieux de la vie institutionnelle du village – depuis le dispensaire municipal jusqu'aux bâtiments publics – devaient également être englobés dans sa zone d'influence territoriale.

Mgr Marras, curé de Santa Maria depuis près de trente ans, ne partageait pas son avis ; mieux, il semblait déterminé à négocier le moindre millimètre de juridiction férocement, sans rien concéder.

« Les églises champêtres forment le patrimoine de Santa Maria, elles font partie des biens paroissiaux en vertu de bulles épiscopales précédentes. Nous avons une histoire, nous », conclut-il, lapidaire, en rendant à l'envoyé de l'évêque la feuille où figuraient les propositions d'accord.

Les membres du conseil paroissial acquiescèrent d'un unique mouvement de têtes, offrant au médiateur de l'évêque le spectacle d'une vingtaine d'hommes et de femmes aux lèvres pincées et au dos raide, absorbés dans la discussion de ce qui constituait quelques jours plus tôt encore leur intangible intégrité.

Maurizio avait pensé que les villageois résisteraient de toutes leurs forces à l'idée d'être divisés en deux communautés paroissiales alors qu'ils se reconnaissaient en une seule depuis toujours. Ce n'était vrai qu'en partie : une moitié jugeait cette éventualité inacceptable et voyait dans ce nouveau noyau d'appartenance la racine de futures divisions ; cependant, elle réunissait essentiellement des bigots fréquentant Santa Maria, lesquels estimaient que une ou dix autres paroisses supplémentaires ne changeraient rien.

La réaction des Crabassins qui vivaient autour du terrain où devait se dresser l'église du Sacro Cuore fut, en revanche, inattendue. Les habitants de ces quartiers populaires, qui avaient l'impression de former une banlieue, furent séduits par la proximité d'une paroisse : cela leur permettait enfin de ne pas se représenter en marge de quelque chose. C'est ainsi que don Gigi se retrouva en l'espace de quelques semaines à la tête d'un consensus aussi inattendu que fanatique.

Les femmes du quartier, qui n'avaient jamais participé, ou presque, à la vie paroissiale, s'employèrent à confectionner des douceurs de toutes sortes pour soutenir la collecte de fonds. Les hommes de la mer ou des champs – lesquels n'avaient jamais trébuché, pas même par mégarde, sur le seuil de la sacristie – formèrent une confrérie vouée au Sacré-Cœur, et ce non sans avoir obtenu de leurs épouses qu'elles leur cousent des aubes blanches et des mantelets rouges, afin qu'ils puissent conduire en procession jusqu'au cimetière les défunts de la nouvelle communauté, à l'image de la confrérie du Rosaire dans la paroisse de Santa Maria. Un jeune célibataire possédant quelques compétences dans l'art de jouer de l'harmonium proposa de fonder le chœur paroissial : cette première ébauche de *schola cantorum* accompagnerait les messes dans le hangar qu'on avait provisoirement dressé pour inaugurer la vie pastorale en attendant que fût construite l'église définitive.

À la surprise de ses vieux copains, Franco Spanu se promenait dans les rues de Crabas en annonçant qu'il ne servirait plus la messe avec Giulio, car on l'avait nommé – c'était le couronnement de sa longue expérience de thuriféraire à la paroisse de Santa Maria – chef des servants d'autel du Sacro Cuore di Gesù.

Désormais, dans les bars du centre, même les vieillards se cataloguaient mutuellement en déclinant leurs appartenances paroissiales, bien qu'ils eussent tous préféré mourir noyés plutôt que d'être surpris en train de pénétrer dans une des deux églises.

Maurizio et Giulio, qui dégustaient tous les jours un granité au citron au bar de Lando, assistèrent à bon nombre de scènes significatives au cours de cet été-là.

« Notre église aura un clocher plus élevé que celui de Santa Maria, affirma un après-midi Zicu Pani, une bière à la main, avec un air de revanche, comme s'il attendait depuis des années le moment de vaincre des records de mesures.

– J'imagine, commenta placidement Lando, le barman préféré des pêcheurs et des maçons crabassins des deux factions. Vous êtes si doués en construction que vous commencerez par le haut et finirez par le bas. »

Le bar éclata d'un rire sonore, approuvant cette description synthétique de l'incapacité des nouveaux paroissiens.

Quoique irrité, le jeune pêcheur n'entendait pas se faire moucher si facilement.

« Personne ne naît savant. Il suffit d'avoir de la bonne volonté, et nous, nous en avons à revendre !

– Bravo, Zicu, je préfère ça ! s'écria au fond du bar un maçon à la retraite qui avait bâti les deux tiers des cheminées du village – celles qui tiraient bien et qui ne fumaient pas. Tu as mérité par tes paroles un conseil utile en la matière, même si, à vrai dire, j'appartiens à Santa Maria... »

Le silence s'abattit sur la salle. Le vieillard quitta sa chaise et se dirigea d'un pas lent vers le pêcheur, exhibant entre ses dents le mégot éteint d'une cigarette artisanale de tabac râpé.

« Je vous écoute, Tziu Antoni », murmura d'un ton respectueux le garçon, sous les regards des clients.

Le vieux maçon s'appuya au comptoir et saisit dans une tasse une petite cuiller abandonnée. Il la posa sur l'acier avec une lenteur étudiée puis dit, sérieux : « Il ne faut pas commencer votre clocher par le haut et le finir par le bas. Il vaut beaucoup mieux le construire horizontalement puis le hisser. Tu verras la merveille que ce sera ! »

D'un geste soudain, il dressa la cuiller à la verticale sur le comptoir, parmi les rires des autres clients.

Le pêcheur encaissa la défaite peu sportivement, quittant le bar sur une imprécation à voix basse qui suscita d'autres commentaires salaces.

Malgré l'amusement un peu pervers de ces défis verbaux, Maurizio et Giulio voyaient avec une inquiétude constante les hostilités croître des deux côtés : le nouveau sujet pluriel s'organisait à une vitesse inattendue, au point que, à la fin du mois de juin, les pêcheurs de don Gigi désertèrent la fête de *Santu Pedru*, préférant célébrer le saint patron de leur côté.

La même scène se répéta quelques semaines plus tard, à l'occasion de la fête des agriculteurs – où défilaient des chars ornés d'épis et des bœufs aux cornes peintes en doré –, le jour de la *Santu Sidoru* : les paroissiens du Sacro Cuore ne semblaient plus avoir l'intention d'honorer les traditions auprès de ceux qu'ils côtoyaient tous les jours au travail.

Paysans ou pêcheurs, peu importait : ils formaient une autre paroisse et ils se conduiraient en conséquence.

Chapitre huit

L'atmosphère de barricades n'intéressa pas long-temps Maurizio. L'été, qui aurait dû constituer comme les précédents une parenthèse insouciante entre deux années scolaires, se révéla un passage destiné à changer radicalement le cours de son adolescence.

Il s'en rendit compte le 15 Août lorsque ses parents vinrent lui rendre visite et qu'on tint autour de la table des discours beaucoup moins légers que ceux qui animaient en général les repas de fête en famille.

Son père s'était montré plutôt taciturne au cours du déjeuner, dialoguant essentiellement à coups de mâchoires avec le cochonnet rôti. Quant à sa mère, elle n'avait cessé de se plaindre du manque de travail, de l'argent qu'on n'avait jamais en suffisance et des difficultés pour arriver à la fin du mois.

Au début, Maurizio n'y avait pas prêté grande attention : se plaindre du manque de ressources était une habitude fréquente chez sa mère. Mais, vers la fin du repas, devant un verre d'eau-de-vie maison, son père plongea les yeux dans ceux de Iaiu Giacomo et déclara tout de go : « J'ai trouvé un travail. »

Le vieillard enfonça le nez dans son verre et garda le silence. Iaia Cristina se leva dans l'intention de débarrasser, mais son fils la retint d'une voix ferme :

« Maman, asseyez-vous un instant. »

Elle s'exécuta lentement, laissant une montagne d'assiettes sales en équilibre précaire sur un coin de la table.

« Quel travail as-tu trouvé ? finit par interroger Giacomo Zoccheddu.

– Le mien, répliqua son fils d'une voix sèche.

– Je croyais que tu l'exerçais déjà. »

Ce commentaire laconique fut accompagné d'une gorgée circonspecte de distillat.

« L'exercer ici ne me suffit pas, cela ne nous nourrit plus… Il y a du travail à Ferrare. Dans une entreprise. La paie est bonne. »

Ces phrases élémentaires s'abattaient sur la table comme des pierres. Iaia Cristina se leva pour prendre les assiettes et, cette fois, son fils ne l'arrêta pas : ce qu'elle devait entendre avait été dit.

Maurizio, qui avait jusqu'à présent trompé l'ennui du repas familial en façonnant une auto en mie de pain, détourna la tête de son jeu et scruta son père sans parvenir à capturer son regard.

« Ainsi tu t'en vas, conclut Iaiu Giacomo, sans prêter apparemment attention à sa femme.

– Nous nous en allons, corrigea sa belle-fille dont le ton hésitait entre le soupir et le gémissement.

– Nous nous en allons ? »

La surprise de Maurizio obligea les adultes à se tourner vers lui et à remarquer la pâleur qui s'était peinte sur son visage. La petite voiture en mie de pain gisait, écrasée, dans son poing, mais aucun convive ne s'en aperçut.

«Mon chéri, papa gagnera plus d'argent sur le continent, dit sa mère, préférant donner un poids économique à l'affirmation qu'elle estimait implicite. Ici, nous avons du mal à vivre.»

Maurizio garda le silence, mais sa question demeurait en suspens. Il fixa les yeux sur son grand-père.

«Nous ne nous absenterons que quelques années, juste le temps de mettre un peu d'argent de côté pour traverser cette mauvaise période…» Le jeune Zoccheddu atténua l'annonce de l'exil par des perspectives dénuées de confirmation pratique qui tenaient plus de l'espoir que des projets. Comme son père, il savait que nombre de leurs concitoyens étaient partis avant lui forts de la même conviction de rentrer vite. Dans la plupart des cas, il leur fallait monter sur un ferry chaque année au mois de novembre si l'envie leur prenait de fleurir la tombe de leurs parents.

Le vieil homme posa sur la table son verre d'eau-de-vie presque intact puis déclara: «Le petit reste ici.»

Maurizio, qui n'avait pas cessé de le dévisager pendant tout ce temps-là, se tourna vers son père. Les deux hommes, l'ouvrier et le vieillard, se fixèrent un moment sans que les femmes interviennent. La mère de l'enfant s'apprêtait à protester quand sa belle-mère prit la parole, ajoutant une épitaphe personnelle à la déclaration de son époux: «C'est mieux pour lui. Ici, il a ses amis, l'école. Nous.»

Plus que tout raisonnement, ce fut ce pluriel qui eut raison des résistances du couple. Quel que fût le salaire qu'il gagnerait à Ferrare, le père ne pourrait garantir ce pronom à son fils en dehors des murs de Crabas – il le savait.

Au moment du départ, la mère de Maurizio le serra contre sa poitrine si fort qu'elle lui fit mal et son père voulut se promener avec lui le long de l'étang, où ils parlèrent d'oiseaux, de coquillages et d'anguilles comme s'il n'y avait rien de plus important.

Ils partirent sans lui, et Iaia Cristina éclata alors en pleurs dans son tablier ; pour échapper au spectacle de ses larmes, son époux sortit et feignit d'arracher des mauvaises herbes dans le potager.

Ce soir-là, ils n'allèrent pas prendre le frais avec les voisins. Maurizio ne pouvait pas encore deviner que la solitude des enfants d'émigrés est celle des orphelins sans deuil. Quand on est un garçon de douze ans, l'été est trop chaud et trop riche en aventures pour qu'on puisse saisir un fait d'une telle importance.

La vie continuait avec une insouciance vivifiante et les grands-parents de Maurizio s'aperçurent que, contrairement à leurs craintes, le départ des parents de l'enfant avait été beaucoup plus traumatisant pour eux-mêmes que pour lui. Du reste, la chambre qu'il occupait était celle où il s'était endormi tout l'été et le rythme des repas demeurait identique à celui de toujours ; une seule chose avait changé : maintenant il allait à l'école à pied, et non en voiture aux premières lueurs de l'aube accompagné par son père qui se rendait à l'atelier.

Ce fut un hiver léger, et la température douce de Crabas offrit au jeune garçon des occasions d'explorer le territoire aussi nombreuses que celles qu'il s'était accordées avec ses amis l'été précédent.

En février, les roseaux qui bordaient l'étang avaient déjà commencé à s'épaissir, proposant avec plusieurs semaines d'avance le cadre idéal pour dissimuler les points de guet que requiert la chasse aux oiseaux aquatiques. Tous les jours, sans plus se concerter, Maurizio, Giulio et Franco Spanu se retrouvaient en début d'après-midi sur la rive de l'étang accessible depuis la via Messina afin de construire ce qui leur était nécessaire pour poser des pièges et récupérer les proies.

C'était la logistique qui dictait leurs tâches : Maurizio apportait de la ficelle, abondante dans la cour de son grand-père ; Giulio, un pot de glu ; quant à Franco – qui habitait à deux pas de la poissonnerie de la coopérative –, il ramassait dès que possible des emballages en polystyrène en assez bon état, indispensables à leurs radeaux. Cependant, en raison des absences de plus en plus fréquentes de Franco, la fabrication de la flotte en polystyrène avait pris du retard par rapport aux objectifs projetés pendant l'été. L'année précédente, les trois garçons étaient parvenus à réunir quatorze radeaux, mais Giulio avait décrété qu'il leur en fallait au moins vingt, plus grands et plus robustes que les habituels monoplaces, pour la nouvelle saison.

« Si nous n'attrapons pas d'oiseaux, nous pourrons toujours jouer aux pirates », affirma-t-il un après-midi en tournant avec un bâtonnet la glu au soleil afin de la ramollir et en s'imaginant, tout exalté, un bandeau noir sur l'œil, vêtu d'une cape qui flotterait comme une aile de corbeau sur l'étendue opaque de l'étang.

« Tu devrais arrêter de regarder *Albator*. »

Maurizio planta son tournevis sur le côté d'une boîte blanche et le fit tourner de manière à agrandir le trou et à passer une ficelle à l'intérieur. Le métal de l'outil crissait sur le polystyrène tel un ongle sur un tableau noir.

« Et toi, tu devrais arrêter de faire ce maudit bruit. Tu sais bien que je ne le supporte pas !

– Ne m'emmerde pas, de toute façon c'est la dernière. Si *Conch'e bagna* n'en apporte pas d'autres aujourd'hui, nous réunirons celles que nous avons, et ça suffira. »

Si la voix de Maurizio trahissait de l'irritation, c'était parce que, pour le troisième après-midi consécutif, Franco ne s'était pas présenté à l'étang. Minimisée au début par des réflexions malicieuses, cette absence devenait difficile à expliquer par les seuls devoirs scolaires ou engagements familiaux.

« D'après toi, qu'est-ce qui lui prend ? Pourquoi il ne vient plus ?

– Qu'est-ce que j'en sais ? répondit Giulio, sur la défensive, comme si c'étaient ses propres absences qu'il devait justifier.

– Nous avons peut-être fait quelque chose qui l'a vexé…

– Je ne lui ai foutrement rien fait ! Son frère a dû le surprendre en train de faire une connerie, et il a été puni. »

Son ton n'avait rien de conciliant.

Maurizio haussa légèrement les épaules tout en glissant avec attention l'extrémité de la ficelle dans le trou. Pendant quelques minutes, les deux amis gardèrent le silence, apparemment plongés dans leurs besognes respectives. Puis une nouvelle question brisa cette trêve :

« Et il ne nous avertit pas ?

— Oh, tu ne peux pas arrêter de parler ? »

Giulio planta le bâtonnet dans la glu, se leva et se dirigea vers l'étang. Arrivé au bord, il ramassa des galets. Il lança le premier d'un léger mouvement du bras, le faisant ricocher plusieurs fois sur la surface de l'eau.

Maurizio abandonna sa boîte au milieu de l'herbe et s'approcha d'un pas prudent. Il s'immobilisa à quelques mètres de son ami en fourrant les mains dans ses poches d'un geste nerveux et reprit : « On m'a dit qu'il est servant de messe là-bas. »

Giulio ne parut pas l'avoir entendu. Les lancers de cailloux se succédaient, précis et réguliers. Au quatrième, il murmura :

« Là-bas, tu veux dire… avec eux ?

— Oui. »

Le cinquième galet fendit l'eau et s'enfonça sans rebondir. Giulio se tourna vers Maurizio avec un air dur que ce dernier ne lui avait jamais vu.

« S'il veut rester là-bas, on ne peut pas l'en empêcher.

— Non, bien sûr.

— Mais s'il veut revenir… » Il observa une pause comme s'il réfléchissait, puis ajouta : « … car les mecs de son genre reviennent, ils finissent toujours par revenir… On ne le reprendra pas, c'est compris ?

— Pourquoi ?

– Parce que, parce que… » La voix de Giulio était de nouveau tendue et déraillait un peu. « Disparaître comme ça, aller et venir, puis revenir à sa guise, ça ne se fait pas, non ? S'il est avec eux, il est l'un d'eux, s'il est avec nous, il est avec nous. On ne peut pas… »

Maurizio l'observait sans piper en attendant qu'il termine sa phrase. Mais Giulio la laissa en suspens. Il baissa les yeux et lâcha son dernier caillou, las de défier la gravité.

« Bon, tu m'as compris. S'il revient, on le renverra. Ça marche ?

– Ça marche. »

Maurizio ignorait pourquoi il avait acquiescé, étant donné que rien ne semblait marcher. Il ne comprenait pas pourquoi Franco s'absentait, il ne comprenait pas pourquoi il devrait le chasser s'il revenait. La seule chose qu'il comprenait facilement, c'était qu'il n'était pas possible de discuter avec Giulio en ce moment. Il retourna à sa boîte en polystyrène et la perça une nouvelle fois afin d'accrocher la ficelle et de l'attacher à une autre. Son ami s'empara de la glu, qu'il alla étaler au sommet des roseaux. Le lendemain, ils y trouveraient comme toujours des moineaux collés.

Franco ne revint pas, et bientôt les deux garçons cessèrent de l'attendre. Le reste de la vie continuait de s'écouler comme si rien n'avait changé.

Encouragé par Giulio, Maurizio demanda à devenir officiellement servant d'autel pour vivre l'expérience commune de la liturgie plutôt que par véritable élan de dévotion. Il entendait profiter de toutes les chances de relations que le village pouvait offrir à un garçon de son âge. Et en enfilant l'aube, il pressentait la possibilité de créer de nouvelles occasions d'appartenance.

Le fait de passer toute l'année à Crabas lui conférait le statut royal d'enfant du village à tous les égards, du moins aimait-il à le croire tandis que, à califourchon sur son vélo, il sentait son corps s'amincir de jour en jour et se renforcer dans l'effort, perdant définitivement les dernières rondeurs de l'enfance.

Chapitre neuf

Si, pendant tout l'hiver, Maurizio avait remâché l'absence de Franco Spanu lors de ses incursions à l'étang avec Giulio, il n'avait pas accordé beaucoup d'attention au problème de la seconde paroisse qui lui paraissait, d'ailleurs, en voie de résolution, du moins à en croire les conversations des adultes.

L'évêque avait réussi à réunir les deux prêtres et à leur imposer un accord préliminaire sur la division territoriale, laissant de fait à la paroisse de Santa Maria la plupart de ses privilèges historiques, y compris la juridiction sur le bâtiment tant convoité de la mairie, pour lequel don Gigi s'était battu en vain. « La mairie est la maison de tous les villageois », proclamait-il, chagriné, incapable de se résigner à l'idée que le contrôle spirituel d'un lieu aussi symbolique puisse être uniquement exercé par l'autre curé. Certes, on ne pratiquait pas dans ses couloirs des formes d'activités religieuses : on allait y faire tout au plus des offrandes secrètes au bureau technique en vue d'adjudications de travaux particulièrement juteuses. Il s'agissait surtout, pour lui, d'une question de principe. Mais l'évêque n'en avait pas jugé ainsi, se contentant d'attribuer à la nouvelle paroisse le contrôle des quartiers sud-ouest de Crabas, caractérisés par des HLM et des rangées de villas où les familles de fraîche constitution se connaissaient encore peu. Son Excellence estimait qu'il serait moins traumatisant de bâtir *ex nihilo* des identités communes dans ce contexte, opinion que Mgr Marras avait qualifiée d'« anthropologiquement très sensée ». Don Gigi y voyait, pour sa part, une monumentale couillonnade, qui le tenait avant tout à l'écart des aspects prestigieux et rentables de l'administration spirituelle et ne lui laissait que les problèmes plus embarrassants des quartiers pauvres, mais il se garda de formuler cette précision devant l'évêque.

Il avala l'affront, et la fête de Noël se déroula sans incidents pour la seule raison qu'il n'avait pas l'intention de revenir immédiatement à la charge. Cependant, quand arrivèrent les fêtes de Pâques, il crut entrevoir l'occasion parfaite de remettre en question les accords pris. La décision peu équitable de l'évêque de placer le bâtiment municipal dans le seul territoire de Santa Maria présentait un point faible qui pouvait constituer un utile *casus belli* : quel trajet devrait emprunter la procession de la Rencontre, la plus importante de l'année ?

La Rencontre était un événement atypique, y compris dans les habitudes religieuses pour le moins compliquées de la Sardaigne : contrairement aux autres processions de saints, ce n'était pas une statue qui parcourait le village, suivie d'une foule pareille à une manifestation en prière, mais bien deux, chacune à la tête de son propre cortège. Le premier transportait la statue de Jésus tout juste ressuscité partant symboliquement à la recherche de sa mère ; le second, celle de la Sainte Vierge en deuil allant à la rencontre de son fils. Les deux avaient un point de départ et un itinéraire différents, mais se réunissaient sur la ligne d'arrivée commune que constituait, jusqu'à la fondation de la nouvelle paroisse, la place de la mairie. Les statues y effectuaient une émouvante pantomime sous les applaudissements du peuple et parmi les lancers de pétards. Car tous les villageois tenaient à assister à cet événement religieux, et en premier lieu le maire revêtu de l'écharpe tricolore, la fanfare ainsi que les mangeurs de curé les plus acharnés, incapables de résister à l'appel scénographique de la consolation maternelle.

Mais il y aurait maintenant deux processions, ou plutôt quatre, et par conséquent quatre itinéraires à emprunter par les statues. Dans quelle procession jouerait l'unique fanfare municipale, étant donné qu'elle était composée des membres des deux paroisses ? Surtout à quel cortège le maire prendrait-il part ? L'embarras institutionnel du premier citoyen était le levier grâce auquel don Gigi comptait obtenir ce qu'il voulait : organiser sa Rencontre sur la place de la mairie, droit que Mgr Marras ne remettait pas une seconde en question pour sa propre paroisse.

En effet, le dimanche des Rameaux, le curé de Santa Maria avait annoncé avec satisfaction que la Rencontre de sa paroisse se déroulerait selon les modalités traditionnelles : le double trajet habituel et le double finale étaient prévus dans le centre historique en présence des autorités civiles et militaires venues rendre hommage à la fête de Notre Seigneur Jésus-Christ. Le vieux prêtre exultait en son for intérieur à l'idée qu'un trajet beaucoup moins prestigieux avait échu à don Gigi puisque sa Rencontre aurait lieu sur une place secondaire, devant le rideau de fer d'un vendeur de pneus et à la seule présence des autorités dont le siège était situé sur son territoire : le président de l'Association des Artisans et la responsable de la Coopérative des Éleveuses sardes, bien entendu sans l'accompagnement de la fanfare.

Mais don Gigi n'avait pas la moindre intention de suivre l'itinéraire qu'on lui avait assigné. De fait, il déclara en chaire, le dimanche des Rameaux, que sa procession effectuerait un détour suffisant pour atteindre la place de la mairie, où il estimait que sa communauté avait, tout comme l'autre, le droit de célébrer la Rencontre devant les autorités citadines. «Nous ne sommes certainement pas des Crabassins de seconde catégorie !» tonna-t-il, indigné, dans l'église bondée. Cette annonce remplit de zèle les paroissiens du Sacro Cuore et exaspéra les fidèles de Santa Maria qui, sur le seuil de leurs maisons et dans leurs conciliabules au supermarché, se disaient prêts à défendre à coups de saint, s'il le fallait, le territoire qui était le leur. Les confréries aguerries bardèrent leurs statues respectives d'habits qu'on n'avait encore jamais vus, et les responsables de chaque chapelle décapitèrent des dizaines de jardins pour permettre à leurs saints de marcher sur un lit de fleurs tout le long du trajet.

En vain, le maire tenta de dissuader don Gigi de son projet provocateur, ne réussissant qu'à le buter.

« Père, il est inconcevable de violer les accords pris, il pourrait y avoir des bagarres pendant la procession… empêchons-le, ne serait-ce que pour éviter de nous couvrir de honte ! l'implora-t-il en recourant à l'habituelle première personne du pluriel.

– Si nous craignons le désordre, nous n'avons qu'à interdire notre procession, répliqua don Gigi sans perdre contenance, à la grande surprise du premier citoyen.

– Nous avons perdu la tête ! Vous semble-t-il possible d'interdire la procession de la Rencontre le jour de Pâques ? Nous passerions des désordres probables aux désordres certains !

– Alors qu'êtes-vous venu me demander ? Je fais ce que j'ai à faire : mener spirituellement mes brebis jusqu'au cœur de la communauté à laquelle elles appartiennent, elles aussi. »

Le maire écarta les bras face à cette vile tentative de l'envoûter au moyen de la rhétorique évangélique. La parabole qu'il venait d'entendre, il en était certain, ressemblait davantage à celle du joueur de flûte de Hamelin qu'à celle du bon pasteur, mais l'instinct lui intima de se taire. Il instruisit les agents municipaux et pria de diverses façons le Ciel, persuadé qu'il ne pouvait mieux faire.

Le jour de Pâques, les deux paroisses avaient fixé la messe processionnelle exactement à la même heure. Don Gigi n'avait pas accepté de commencer avant Mgr Marras, lequel n'entendait pas changer l'horaire historique de ses messes pour permettre à son rival d'accomplir son coup d'éclat en toute tranquillité. Les confréries quittèrent donc leurs églises respectives plus ou moins au même moment, après un sermon d'une brièveté indécente. Elles étaient suivies d'une foule qui conduisit les plus dévots à crier au miracle de la renaissance du sentiment religieux ; d'autres estimaient non sans fondement que le miracle était essentiellement à attribuer à la perspective du spectacle gratuit qui s'annonçait dans le finale.

Quatre statues envahirent donc le village : deux Maries en habits de deuil et deux Jésus-Christ victorieux de la mort avançaient dans les quelques rues de Crabas, telles des billes secouées à l'intérieur d'une boîte. Chaque prêtre marchait devant son Christ, précédé par une confrérie d'hommes en aubes et mantelets de velours soutenant croix, baldaquin et lampes à huile. Deux files de femmes en prière et de fillettes revêtues des somptueuses robes blanches de leur première communion leur emboîtaient le pas. Dans les deux processions jumelles, les statues des Affligées au visage dissimulé par un voile de deuil en dentelle noire étaient, quant à elles, accompagnées des servants de messe aux aubes brodées d'or.

Giulio conduisait le rosaire et la troupe des jeunes de Santa Maria, parmi lesquels marchait aussi Maurizio, brandissant un mégaphone, dans son aube flambant neuve. Tous deux savaient que Franco Spanu, définitivement élevé au rang de chef incontesté des liturgies de la nouvelle paroisse, chapeautait les servants d'autel de la seconde Affligée.

Un important groupe de fidèles en prière et autant de curieux, guidés par deux mégaphones qui déformaient la récitation du rosaire en offrant aux derniers rangs une bouillie incompréhensible et pleine de grésillements, suivaient chaque statue. Plus d'une fois, les échos des chants des deux processions s'entremêlèrent, séparés par quelques maisons, sans que les participants ne parviennent à déterminer à qui appartenaient les voix de l'autre côté de la rue et quelle statue on transportait de façon si menaçante.

L'imprévisibilité de l'itinéraire annoncé par don Gigi avait préparé les paroissiens de Santa Maria à une invasion imminente, mais leurs craintes se révélèrent infondées. Le curé du Sacro Cuore était rusé, et il ne se serait certainement pas contenté de consommer le conflit dans une insignifiante rue secondaire : il voulait la place de la mairie et rien d'autre. Sa procession de l'Affligée serait le bélier de l'occupation. Confiée à la conduite ferme de Franco Spanu, à la tête des servants de messe, la procession du Sacro Cuore avait reçu l'ordre d'écourter l'itinéraire d'une bonne moitié afin de précéder largement l'autre Vierge dans l'attente de son Christ ressuscité.

Don Gigi avait bien fait ses calculs : si les processions de Santa Maria arrivaient à la mairie au moment où le Jésus du Sacro Cuore achevait son parcours, elles déboucheraient sur la place occupée. Il ne resterait plus à Mgr Marras qu'à choisir entre deux possibilités : s'en aller, la queue basse, ou assumer la responsabilité d'accomplir le premier l'acte des hostilités que chacun des deux prêtres entendait rejeter sur l'autre. Le ministre du Sacro

Cuore n'était pas homme à laisser un curé de campagne lui faire la pige. Ce n'était pas pour rien qu'il avait fait ses études à la Grégorienne, un lieu où la stratégie guerrière est la discipline la plus suivie par les séminaristes de sixième année, bien qu'elle ne soit officiellement pas enseignée.

Fort de cette solide formation, don Gigi laissa échapper un sourire satisfait avant d'entonner le *Christus Resurrexit* d'une voix de stentor.

Chapitre dix

À la tête de la procession de l'Affligée appartenant à la paroisse de Santa Maria, Maurizio, vêtu de son aube à bords dorés, brandissait le mégaphone vers la foule en marchant au rythme des paroles de Giulio, lequel martelait le rosaire d'une voix aiguë que brisaient les premiers étranglements d'une puberté imminente. Les deux enfants apercevaient déjà au bout de la rue la façade de la mairie, ligne d'arrivée qu'ils avaient le devoir d'atteindre avant leur Ressuscité.

C'était la pantomime processionnelle, dont l'intrigue était bâtie sur l'épisode de l'Évangile où Marie-Madeleine, trouvant le sépulcre vide, est abordée par un Jésus ressuscité et méconnaissable, qui déterminait cet ordre. Mais, incapable de concevoir que le Fils par antonomase puisse apparaître d'abord à une autre femme que sa génitrice Affligée, la piété populaire crabassine n'avait pas hésité à substituer la mère très intègre à l'amie tant critiquée.

À l'arrivée sur la place, Giulio s'interrompit au milieu d'un Notre Père, avant de poursuivre la prière avec une note de panique que la basse fidélité du mégaphone eut le bons sens de ne pas reproduire. Maurizio remarqua qu'une deuxième procession surgissait à un rythme constant de l'autre côté de la place et comprit en l'espace de quelques secondes que ce n'était pas le Ressuscité qui avançait, soutenu par des servants de messe en aube de lin, ni Mgr Marras qui scandait le rosaire à l'adresse de la foule amassée derrière lui : près de l'Affligée du Sacro Cuore, se tenait Franco Spanu dont les cheveux roux flottaient comme une bannière.

Giulio vacilla un instant sur le dernier amen de la cinquième dizaine : s'il avait bien envisagé l'éclatement de ce conflit territorial, il avait toujours imaginé que Mgr Marras, et certes pas lui-même, y mettrait fin.

En face, Franco Spanu semblait hésiter lui aussi. Pendant ce temps, les fidèles des deux paroisses progressaient et se disposaient spontanément sur le côté de la place où avaient débouché leurs processions respectives. Les visages trahissaient de la tension et de la nervosité.

Giulio fixa Franco d'un air de défi et attaqua la conclusion du rosaire : « Salut, Reine, Mère de Miséricorde, viedouceuretnotrespérancesalut ! »

Franco ne se laissa pas prendre à contre-pied. Le micro à la main, il continua le *Gloria* qu'il avait interrompu, faisant retentir sa voix qui avait déjà mué sur la partie de la place que les paroissiens du Sacro Cuore avaient envahie dans un silence menaçant. Les deux prières se superposèrent pendant quelques minutes, incompréhensibles, tandis que les Affligées aux bras tendus vers l'avant, dans l'attente de leurs

Christs respectifs, évoquaient deux commères se saluant après une longue séparation.

Giulio était agacé par la cacophonie des voix qui l'empêchait d'être entendu par la foule de sa paroisse. Il acheva son *Salve Regina* et attendit que Franco ait récité le sien. Dès qu'eut résonné l'amen de son rival, à l'autre bout de la place, il embraya sans hésiter, dévidant les litanies de Lorette, qu'il était fier d'avoir parfaitement mémorisées. Pâle et maigre auprès de sa Vierge, il s'exprimait avec un calme simulé :

« Sainte Marie…

– Priez pour nous ! » répondit le peuple de sa paroisse.

Cela n'intimida guère Franco Spanu, que la vue d'Antonellina parmi les fidèles de Santa Maria renforçait. Contrairement à Giulio, il ne connaissait pas par cœur ces litanies, mais le livret que son acolyte désigné lui fourra dans les mains était l'arme la plus adaptée contre l'arrogance de son ancien camarade de jeu. Il superposa sa voix à la sienne en essayant de la couvrir :

« Sainte Mère de Dieu !

– Priez pour nous ! » grondèrent les paroissiens du Sacro Cuore, tournés vers ceux de Santa Maria.

Giulio pinça les lèvres mais reprit, décidé :

« Sainte Vierge des Vierges !

– Priez pour NOUS ! lança le chœur derrière lui.

– Mère du Christ, siffla Franco en le regardant droit dans les yeux.

– Priez pour NOUS ! » lui firent écho les habitants de son quartier.

La voix de stentor du jeune pêcheur Zicu Pani, resplendissant dans son mantelet de confrère flambant neuf, se détachait parmi les autres.

« Mère de l'Église ! s'exclama Giulio sans manifester la moindre crainte.

– Priez pour nous ! » s'écria une vieillarde édentée à quelques centimètres de l'oreille de Maurizio.

Les deux garçons alternaient avec une précision exaspérante, crachant les invocations comme autant d'insultes réciproques.

« Mère de la Divine Grâce !

– Mère très pure !

– Mère très chaste !

– Mère sans tache ! »

À chaque invocation, les gens répondaient promptement dans un « Priez pour nous » criard qui retentissait sur toute la place, mais il était clair qu'ils hurlaient une revendication sans partage : si Marie priait pour les uns, elle ne pouvait prier en même temps pour les autres.

Les litanies se succédaient à l'infini sur un ton de plus en plus ferme. Au milieu de la récitation, Giulio sembla toutefois fléchir.

« Miroir de Justice, dit-il d'une voix rauque, fatigué par les cris.

– Siège de la Sagesse, répliqua Franco qui constatait son état avec satisfaction.

– Cause de notre Joie ! » martela Giulio, en proie à la désagréable sensation que l'autre garçon l'avait attendu, lui concédant quelques secondes. Cela paraissait impossible, puisque Franco n'avait jamais fait preuve de courtoisie dans leurs défis. Feignant d'hésiter pour l'éprouver, il lança :

« ... Vase spirituel.

– Vase honorable, répondit son ancien camarade après avoir observé une pause délibérée.

– Vase insigne de Dévotion ! ajouta Giulio, surpris, les yeux rivés à ceux du garçon, de l'autre côté de la rue.

– Rose mystique ! jeta Franco, amusé.

– Tour de David ! hurla au micro Giulio, dont la voix trahissait un changement d'humeur que Maurizio fut le seul à percevoir.

– Priez pour nous ! continuaient de répéter férocement les paroissiennes âgées, tandis que tous dardaient le regard vers les deux embouchures du carrefour d'où devaient surgir les processions des Christs.

– Maison d'or ! jubila Giulio en apercevant soudain au coin de la via Garibaldi la tête blanche de Mgr Marras, coiffée d'une calotte trop petite, qui menait la procession de Santa Maria.

– Arche de l'Alliance... »

La voix de Franco trembla un peu : il comprenait que la paroisse rivale risquait de battre la sienne sur le fil.

« Porte du ciel ! » Giulio haussa le ton pour faire connaître au curé la position du groupe qu'il était parvenu de manière responsable à contenir. D'un geste, il invita Maurizio à tourner son mégaphone vers l'entrée de la via Garibaldi. Les cœurs des deux enfants battaient la chamade : ils étaient sur le point de l'emporter.

« Étoile du matiiin !!! »

L'exultation dont témoignait la voix de Franco amena ses deux anciens camarades à pivoter. Don Gigi débouchait du corso Umberto, précédant une foule en prière qui avançait au pas de charge. L'enfant se tut sous l'effet du soulagement, estimant inutile de poursuivre l'affrontement, maintenant que son curé se présentait. Giulio attendit, en revanche, l'arrivée solennelle de Mgr Marras sur la place pour suspendre ses invocations.

Le vieux curé remarqua aussitôt la présence d'une Affligée de trop, mais ne parut pas particulièrement surpris. Il poussa un soupir et, d'un geste de la main, ordonna à ses confrères ainsi qu'aux musiciens de la fanfare municipale de se préparer à la Rencontre, tandis que des centaines de villageois, dans son dos, occupaient les bords de la place pour assister au finale. Au même moment, don Gigi et la paroisse du Sacro Cuore surgirent à côté de la mairie.

Maurizio éteignit le mégaphone, qu'il fourra dans les mains d'un autre servant d'autel, et s'approcha de Giulio. Immobiles, ils regardèrent les membres de l'autre paroisse se déverser dans l'espace latéral demeuré libre.

Puis Maurizio déclara :

« Quel bordel…

– Tu peux le dire », murmura Giulio.

De l'autre côté de la rue, Franco Spanu semblait tout aussi désorienté. Contrairement à Giulio et à Maurizio, il s'était imaginé jusqu'à cet instant-là qu'il défiait ses camarades dans un jeu commun, comme aux billes ; maintenant qu'il voyait avancer les deux Christs belliqueux, il comprenait l'énormité de l'événement qui allait se produire. Il chercha un signe de complicité dans les yeux de ses voisins en aube de lin et y lut le même effarement que le sien. Il se tourna vers l'autre côté de la place : les deux prêtres étaient occupés à disposer militairement leurs Christs pour l'avancée. Enfin il posa le regard sur ses anciens camarades de jeu, qui le dévisagèrent à leur tour. Giulio pinça les lèvres, pendant que Maurizio comptait les minutes. Soudain Franco se rendit compte qu'il tremblait.

Les membres de la fanfare de Santa Maria jouèrent quelques notes pour s'accorder, tandis que les servants de messe des Affligées attendaient nerveusement un signe de leurs chefs respectifs pour soulever leur statue et rejoindre leur Christ, mais ni Giulio ni Franco ne paraissaient pressés de le leur donner.

Mgr Marras se mouvait lui aussi sans hâte. Il savait que les symboles importants étaient de son côté, en premier lieu l'écharpe tricolore du maire qui se détachait, pâle et tendu, sur la foule de sa paroisse. Le vieux prêtre n'avait rien à prouver : il administrait les âmes des villageois depuis trente ans, avait baptisé et marié tous les Crabassins, y compris ceux qui clamaient désormais leur appartenance au Sacro Cuore.

Quant à don Gigi, il faisait preuve d'une indifférence totale à l'autre procession. Il avait amené ses ouailles à préparer son coin de place pour la Rencontre avec le naturel d'un chef de guerre de longue date, et non de quelques mois. Sa chasuble incrustée de pierres de couleur avait été confectionnée avec largesse, afin de laisser entendre que, si ses messes se célébraient dans une structure sommaire et provisoire, ses liturgies étaient destinées à un tout autre niveau de splendeur. Se plaçant à côté du Christ ressuscité que couronnaient des fleurs de pêcher, il adressa à Franco Spanu un signal sans équivoque et proclama d'un ton pompeux : « Mort, où est ta victoire ? Mort, où est ton aiguillon ? »

L'enfant de chœur à tête rousse était censé se diriger vers don Gigi au même moment. Or, il demeura immobile. C'est alors que le chef d'orchestre de la fanfare citadine abaissa sa baguette, entamant la marche qui accompagnait la Rencontre de Santa Maria. C'était, pour Giulio, le signal établi : il devrait aller à la rencontre du Christ, près duquel Mgr Marras se tenait, sévère. Mais il resta lui aussi planté là, apparemment imperméable à la tension qui régnait sur la place. Il regardait Franco Spanu, et Franco Spanu le regardait. D'un murmure, Maurizio fit taire les chuchotements perplexes des servants d'autel qui, ayant déjà soulevé la statue de l'Affligée, attendaient l'ordre d'avancer.

Giulio et Franco se dévisagèrent encore pendant quelques secondes, puis le garçon aux cheveux roux fléchit la tête d'un mouvement presque imperceptible et adressa à son camarade un signe dont ce dernier fut le seul à comprendre le sens.

Petit-fils d'une femme qui connaissait un nombre infini d'histoires d'âmes en peine, Giulio acquiesça et fit un pas en avant, invitant ainsi ses servants d'autel à s'ébranler. Maurizio soupira en se préparant au pire. Blême, Franco Spanu enjoignit à son équipe d'enfants de chœur de soulever leur statue à leur tour, mais, contrairement à Giulio, s'abstint de leur dire d'avancer. De toute évidence, la procession de l'Affligée de la paroisse de Santa Maria démarrait toute seule.

Don Gigi n'avait pas prévu ce qui se produisit alors. Giulio marchait d'un pas décidé à la tête de sa procession de l'Affligée, mais sa Vierge ne se dirigeait pas vers le centre de la place, où Mgr Marras ordonnait qu'on conduise son Christ : la trajectoire de son pas menait en effet vers le Ressuscité du Sacro Cuore. Don Gigi jeta à Franco un regard alarmé, mais le chef de ses servants de messe ne quitta pas sa place.

Les Crabassins étaient eux aussi abasourdis : les vieillards, les femmes, les enfants et les hommes de Santa Maria regardaient sans broncher l'Affligée de leur paroisse se précipiter vers le Christ de la paroisse rivale ; trop ahuris pour réagir, ils n'osèrent pas s'opposer à la marche dont Giulio avait pris l'initiative.

Maurizio croisa le regard attentif de Iaiu Giacomo. Mais cela ne dura qu'un instant : toute son attention était concentrée sur les mouvements de son meilleur ami.

Mgr Marras, qui n'avait pas eu besoin de fréquenter la Grégorienne pour posséder l'instinct du stratège, saisit immédiatement l'opportunité que lui offraient ces circonstances inédites. Il se vit concepteur de ce beau geste de pacification, occasion parfaite d'affirmer une fois pour toutes la suprématie de son autorité pastorale sur l'agglomération entière de Crabas. Il murmura quelques mots à l'oreille du prieur de sa confrérie et, tel le berger éclairé, lança son Christ vers l'Affligée de l'autre paroisse, suscitant un chuchotement incrédule chez les paroissiens que le rite obligeait à suivre la statue.

Don Gigi flaira aussitôt le piège que, croyait-il, son rival lui avait tendu.

« Saleté d'opportuniste… » murmura-t-il rageusement.

Affichant à son tour une piété étudiée, il ravala cet affront et se dirigea vers l'Affligée de Giulio d'un pas qu'il voulait solennel et mesuré.

Pendant ce temps, la fanfare diffusait sa musique à un volume élevé, ce qui fut une immense et involontaire bénédiction, les bouches des fidèles ne s'étant pas toutes ouvertes pour prier.

Giulio s'immobilisa à quelques mètres de la statue du Christ de don Gigi et attendit que le prêtre fasse son dû. Le curé du Sacro Cuore rassura alors les membres de sa confrérie interdits au moyen de quelques mots agacés :

« Qu'est-ce que vous attendez ? » Puis il abattit son as : « Voyons, tout a été convenu ! »

Le Christ du Sacro Cuore rejoignit sa mère, c'est-à-dire la mauvaise, et dès lors tout se déroula rapidement : Jésus feignit de se révéler, et un servant d'autel de Santa Maria tira sur le ruban qui libérait la Vierge des voiles noirs du deuil, tandis que le sacristain du Sacro Cuore – un vieux sourd au pas hésitant – lançait le pétard final qui transperça le ciel dans une traînée de soufre, annonçant à tous que la Rencontre avait eu lieu. La détonation d'un second pétard retentit de l'autre côté de la place, signalant que Mgr Marras avait lui aussi mené à bien la Rencontre selon les canons prescrits par la paraliturgie.

Chaque duo de statues devait maintenant regagner son église d'origine, mais ce fut la Vierge de Franco qui accompagna le Christ dans l'église de l'Assomption, tandis que Giulio et sa Marie non plus Affligée rebroussait le corso Umberto jusqu'au hangar où la paroisse du Sacro Cuore s'entraînait à devenir une communauté.

Épilogue

Les deux curés revendiquèrent le choix pastoral du pardon de Pâques ; don Gigi raconta à qui voulait l'entendre que l'idée de cette Rencontre croisée venait de lui. L'évêque fut pour le moins satisfait de ce qu'on lui rapporta, mais il suggéra aux deux paroisses d'effectuer les Rencontres suivantes avec deux seules statues, pour de simples questions pratiques.

Franco Spanu abandonna de but en blanc son aube de servant de messe, sans fournir à ses parents la moindre explication. Sa mère, qui interprétait cette décision comme un début précoce de crise mystique, fut au désespoir pendant quelques jours, mais les voisines la consolèrent en lui rapportant des expériences analogues avec leurs rejetons respectifs : « Ça leur passe, tu verras, ça leur passe. Ils redeviennent ensuite plus pieux qu'avant. »

Au bout de quelques jours, le garçon à tête rousse réapparut sur les rives de l'étang, derrière l'église de Santa Maria, et, peu à peu, sans qu'il fût besoin des rituels de réconciliation qui compliquent tant les excuses entre adultes, recommença à jouer avec Giulio et Maurizio.

Cette année-là aussi, les oiseaux aquatiques avaient en eux de terribles ennemis.

«Tu as vu ce héron ? On pourrait essayer de l'attraper...» Maurizio observait d'un œil avide le vol de l'oiseau cendré.

«Tu parles, il n'est même pas comestible ! » commenta Franco, l'air dégoûté, tout en aiguisant un roseau à l'aide du couteau suisse que son père s'était fait envoyer par un réseau de vente par correspondance pour la deuxième fois, persuadé qu'il avait perdu le premier pendant la cueillette des champignons.

«On pourrait l'empailler ! Mon oncle a un flamand rose empaillé dans son salon. Il est génial, on le croirait vivant. »

Giulio était hypnotisé par la grâce du héron dans le ciel.

«Ben, d'après moi, nous le préférons vivant, non ? » dit Franco, recourant à la première personne du pluriel sans trop y penser.

Ce ne fut pas le cas de Maurizio, qui y pensa, et comment. Un enfant mi-autochtone mi-étranger peut lui aussi comprendre qu'il faut de temps en temps passer ce pluriel à un crible plus fin. Quelques secondes suffirent à cette opération, après quoi il sourit et répliqua :

«Parle donc pour toi, *Conch'e bagna*. Ma grand-mère adorera avoir ce héron empaillé dans son salon. Qu'est-ce que t'en dis, Giu ? Cette fois, nous dégainons la fronde ou la glu ? »

Cette histoire, je l'avoue, a une dette particulière envers l'anthropologue Benedetto Caltagirone et son texte *Identità sarde. Un'inchiesta etnographica* («Identités sardes. Une enquête ethnographique», CUEC, 2005).

Les événements qui sont décrits ici sont tirés d'une histoire vraie, ce qui ne signifie ni qu'ils sont vrais, ni que les personnages de ce récit ont réellement existé.

Même si je l'aurais parfois aimé.

M.M.

RÉALISATION : IGS-CP À L'ISLE D'ESPAGNAC
IMPRESSION : CPI BRODARD ET TAUPIN À LA FLÈCHE
DÉPÔT LÉGAL : FÉVRIER 2014. N° 115550 (3002928)
Imprimé en France